Bia...

BATALLA SENSUAL
Maggie Cox

Editado por Harlequin Ibérica.
Una división de HarperCollins Ibérica, S.A.
Núñez de Balboa, 56
28001 Madrid

© 2018 Maggie Cox
© 2019 Harlequin Ibérica, una división de HarperCollins Ibérica, S.A.
Batalla sensual, n.º 2674 - 9.1.19
Título original: Claiming His Pregnant Innocent
Publicada originalmente por Harlequin Enterprises, Ltd.

I.S.B.N.: 978-84-1307-359-0
Depósito legal: M-35051-2018
Impresión en CPI (Barcelona)
Fecha impresion para Argentina: 8.7.19
Distribuidor exclusivo para España: LOGISTA
Distribuidor para México: Distibuidora Intermex, S.A. de C.V.
Distribuidores para Argentina: Interior, DGP, S.A. Alvarado 2118.
Cap. Fed./Buenos Aires y Gran Buenos Aires, VACCARO HNOS.

MIXTO
Papel procedente de fuentes responsables
FSC® C108412
www.fsc.org

Este libro ha sido impreso con papel procedente de fuentes certificadas según el estándar FSC, para asegurar una gestión responsable de los bosques.

Capítulo 1

Q UÉ QUIERES decir con eso de que la inquilina necesita más tiempo para reconsiderar su situación? ¿Me estás queriendo decir que se niega a marcharse?

Bastian Carrera no podía creer lo que acababa de oír. Aquello era la último que había querido escuchar después de haberse pasado el último mes convenciendo a compradores extranjeros para aumentar la cuota de mercado de la empresa de su familia, dedicada al aceite de oliva ecológico. De hecho, al día siguiente tendría que volver a viajar.

Había pasado brevemente por casa, en Italia, antes de marcharse a Brasil a hacer negocios y a dar una conferencia. El negocio de su familia era uno de los líderes del sector y había muchas personas interesadas en saber cómo había conseguido semejante éxito. Su familia era extremadamente rica y, con treinta y seis años, Bastian podía haberse tomado las cosas con más tranquilidad si hubiese querido hacerlo, pero lo cierto era que todos los aspectos del negocio lo interesaban personalmente.

No obstante, se sintió molesto al ver preocupación en el rostro bronceado y arrugado de su padre. Era evidente que se sentía culpable por no poder darle mejores noticias.

Antes de marcharse, Bastian había avisado a los inquilinos que ocupaban las casas de piedra de la finca que tendrían que marcharse, era necesario para que el resto del terreno pudiese considerarse ecológico. En general, se tardaba unos tres años en convertir la tierra, y él tenía la intención de plantar en ella todos los olivos ecológicos de la mayor calidad que pudiera.

Durante generaciones, su familia había sido una de las principales productoras del mejor aceite de oliva de Italia y así habían conseguido su fortuna, pero nunca se había tratado solo de dinero. El objetivo era conseguir el mejor aceite posible, y Bastian hacía todo lo que estaba a su alcance para lograrlo.

Su padre suspiró.

—No, no es que se niegue, pero...

—¿No le has dejado claro que no tiene elección? ¿Que necesitamos el terreno?

Alberto Carrera se ruborizó ligeramente y levantó un hombro.

—Sí, pero esa señora no se quiere marchar. Se ha divorciado hace poco tiempo y está centrada en su carrera. La luz que hay en la *villeta* es perfecta para su trabajo, dice, y ha instalado el caballete bajo el tragaluz.

—¿Quién es? ¿Una estudiante de arte? —replicó Bastian en tono molesto, frunciendo el ceño.

–No es esa clase de artista. Lily es ilustradora de cuentos infantiles y tiene derecho a quedarse en la *villeta* porque ha firmado un contrato de dos años y solo lleva seis meses en ella.

Bastian volvió a fruncir el ceño y juró entre dientes, pero su rostro siguió siendo fuerte y atractivo. Alberto solía decirle a todo el mundo que se parecía a su madre... que toda la familia de esta había sido excepcionalmente bella. Su único hijo era lo último que le quedaba de Annalisa, la encantadora mujer de la que se había enamorado tantos años atrás y que había fallecido demasiado pronto, al dar a luz...

–¿Y le has ofrecido a esa mujer la compensación de la que hablamos y le has dicho que le encontraremos otro lugar adecuado para vivir?

–Sí, lo he hecho, hijo, pero tengo la sensación de que no va a ser tan fácil convencerla y lo cierto es que no la culpo.

Bastian se llevó las manos a las caderas, impaciente, le brillaron los ojos.

–¿Cómo que no la culpas? Cualquiera diría que esa mujer te ha hechizado. ¡Padre! Solo voy a estar aquí dos días y tengo que saber que voy a disponer del terreno antes de volver a marcharme. No importa... ya hablaré yo con ella.

Bajó las grandes escaleras de estuco de la casa y agradeció que hiciese un poco de aire. Estaba furioso con aquella mujer que, al parecer, pensaba que podía hacer lo que quisiera con su padre. ¿Cómo se atrevía a aprovecharse de él mientras Bastian no estaba presente? Le iba a dejar las cosas claras...

De camino a la modesta casa de piedra que habían construido sus ancestros, reflexionó acerca de su testaruda inquilina.

En realidad, no la conocía ni la había visto nunca. Había dejado aquella parte del negocio a su padre.

Alberto había perdido eficiencia desde que, un año antes, le había dado aquel infarto, y Bastian había querido que trabajase lo mínimo posible. Junto con el ama de llaves, Dolores, tenían personal de confianza que atendía la finca y los olivares, y él mismo colaboraba todo lo que podía porque le encantaba estar cerca de la tierra. En su opinión, no había otro olor igual...

Por suerte, su padre no había protestado demasiado acerca de sus nuevas tareas y Bastian había pensado que se estaba haciendo mayor. Se había dejado la piel trabajando, levantando aquel negocio, pero el ataque al corazón le había dado un buen susto.

Llegó a la casa situada en la parte trasera de los olivares, que era un lugar con mucha intimidad, y subió las estrechas escaleras de piedra con su habitual agilidad. Levantó la vista a uno de los balcones con barandillas de hierro forjado, situado debajo del tejado inclinado, cubierto de buganvilla roja, y se tomó un momento para aspirar su aroma, que impregnaba el ambiente.

Empezó a relajarse. Se sentía bien en casa, aunque no fuese a quedarse mucho tiempo.

Entonces recordó el motivo de su visita y llamó con impaciencia a la puerta. Tenía que ganarle terreno a la inquilina, no darle ninguna ventaja. Al menos, aquel era el plan.

Pero entonces se abrió la puerta y su mirada se posó en una belleza de ojos verdes y melena rubia, descalza y despeinada, ataviada con un vestido de tirantes multicolor que se pegaba a un cuerpo tan esbelto que podría haber sido el de una primera bailarina. Y Bastian se olvidó de sus planes.

–¿En qué puedo ayudarlo? –preguntó la mujer, sin saber si sonreír o no.

«¿Por dónde empiezo?», se dijo él. El deseo y la atracción eran tan fuertes que le impedían hablar.

Intentó recuperar la compostura rápidamente y respondió:

–¿*Signora* Alexander? Soy Bastian Carrera, su casero.

–¿El hijo de Alberto?

La mujer sonrió por fin y Bastian se dijo que no había mujer inmune a los encantos de su padre. Lo que le costó creer era que aquella mujer hubiese podido estar casada y se hubiese divorciado. Tenía un cierto aire de pureza...

–Eso es. ¿Puedo pasar? Me gustaría hablar con usted.

A pesar del calor del día, supo que su tono de voz había sido un poco frío. Por muy atractiva que fuese Lily Alexander, iba a pedirle que se marchase. Al fin y al cabo, los negocios eran los negocios, y él no iba a permitir que la libido le anulase el sentido común.

–Vayamos al salón. ¿Quiere algo de beber?

–No. Solo quiero hablar con usted.

Con el corazón ligeramente acelerado, Lily condujo a aquel serio italiano al encantador salón, con un agradable y pequeño balcón donde se veía, a lo lejos, el maravilloso mar.

Bastian Carrera no parecía muy simpático, pero sí era muy atractivo. Llevaba el pelo moreno largo hasta los hombros, tenía los pómulos marcados y la mirada marrón e intensa. Además, iba vestido con una camisa blanca y vaqueros azules claros que le sentaban muy bien. Aunque, con aquel cuerpo, Lily estaba segura de que podía ponerse cualquier cosa.

Intentó centrarse y se dio cuenta de que hacía mucho tiempo que no miraba a un hombre con deseo. Eso se lo debía a su exmarido, al que nunca le habían interesado las relaciones íntimas. En cualquier caso, no iba a permitir que la atracción que había sentido por aquel guapo italiano la desviase de su objetivo de seguir viviendo en la *villeta*. Allí había encontrado la libertad que necesitaba para concentrarse en su trabajo y poder ganarse mejor la vida.

Siempre se había sentido bendecida por sus dotes artísticas, aunque a su pragmático exmarido le hubiesen desconcertado.

—No puedo fingir que comprendo tu devoción por el dibujo cuando podrías tener un trabajo mucho mejor pagado si te lo propusieras —le había dicho.

El problema era que Marc había dedicado toda su energía en su trabajo de bróker en la ciudad y que, para él, lo único que merecía la pena en la vida era el dinero. Lily tenía que haberse dado cuenta desde el principio de que no compartían los mismos valores, pero la búsqueda de estabilidad en su vida la había llevado a casarse con un hombre con dinero y propiedades, que pudiese darle seguridad, y se había equivocado.

Marc era un hombre atractivo, comprometido y simpático, y cuando habían empezado a salir le había declarado con frecuencia lo mucho que le gustaba estar con ella, mucho más que con ninguna otra mujer con la que hubiese salido. No obstante, la amistad que Lily había sentido por él no se había transformado en deseo.

De hecho, ni siquiera estaba segura de ser capaz de sentir semejante emoción.

En realidad, aquella agradable amistad jamás debía haberlos llevado al matrimonio. Era evidente. Poco después de casarse, su relación había empezado a estropearse. Además, a Lily cada vez le había gustado menos la vida tan falsa que llevaban en Londres, rodeados de amigos y compañeros de Marc con los que no había conseguido conectar, ya que, en su opinión, anteponían el dinero y las posesiones a todo lo demás.

No había sido la vida que ella habría elegido si hubiese hecho uso de su sentido común y, por lo tanto, el divorcio había sido inevitable e incluso bienvenido. Cuando había recibido la sentencia un año antes, se había prometido que no volvería a cometer la locura de casarse con alguien a quien casi no conocía. No, iba a empezar a ser mucho más sensata.

Tenía a su favor la certeza de saber que podía ganar dinero con su trabajo. Y que tenía ahorros. No obstante, Marc había insistido en que aceptase un generoso cheque para poder empezar una nueva vida. Lo había hecho porque quería conservar su amistad.

Aquella encantadora y antigua *villeta* era el lugar perfecto para trabajar en sus ilustraciones y, con un poco de suerte, recuperar la confianza en sí misma. En especial, después de un matrimonio que le había hecho dudar de su capacidad para encontrar a un hombre que la desease de verdad, o ella a él.

Tal vez no fuese posible.

—¿Por qué no nos sentamos? —sugirió, señalando el castigado sofá granate mientras ella se instalaba en un sillón.

Bastian se sentó y Lily observó que apoyaba las manos en las rodillas, como si quisiese estar dispuesto a pasar a la acción si era necesario. Aquello le sugirió que se trababa de un hombre al que le costaba contener su energía y relajarse. Querría zanjar aquel tema cuanto antes.

–¿Recuerda que hace un par de semanas le notificamos que tenía que dejar la casa? –empezó.

Lily frunció el ceño.

–Sí. Me dijeron que les hacía falta el terreno.

–Según mi padre, ha cambiado de opinión acerca de marcharse.

–En ningún momento accedí a hacerlo y así se lo dije. Cuando alquilé este lugar firmé un documento que establecía un periodo de alquiler de dos años. Solo llevo aquí seis meses.

–Soy consciente de ello, *signora*, pero esperaba que la compensación económica que le ofrecimos subsanase cualquier inconveniente que le hubiésemos podido causar, además, encontraríamos otro lugar adecuado a sus necesidades.

Lily suspiró y se sentó con la espalda más erguida.

–Lo cierto es que... me encanta este lugar. Aquí he encontrado la inspiración que estaba buscando.

Bastian arqueó una ceja y se cruzó de brazos.

–¿Le costaba encontrarla en otras partes?

–He tenido lo que se suele llamar un periodo de sequía. Tomé una mala decisión y se me complicó un poco la vida, lo que me llevó a perder la confianza en mí misma.

Lily se agarró las manos para impedir que le temblasen, pero supo que era demasiado tarde porque su casero se había dado cuenta.

Se sintió mal por haberse mostrado débil ante él, que en esos momentos la miraba intensamente.

–Pero, supuestamente, sus editores van a querer su trabajo.

–Sí, por supuesto. Ilustro cuentos para un escritor infantil muy conocido y, por el momento, no he tenido quejas. Los libros van muy bien a pesar de mis recientes desafíos.

–¿No le gustaría escribir sus propios libros e ilustrarlos?

Aquella pregunta le hizo gracia. Siempre había soñado con ello.

Lily tragó saliva y la sonrisa de Bastian la desconcertó. Empezó a temblar, pero por otro motivo...

–Sí. De hecho, he escrito un par de ellos, pero... Bueno, no es una profesión fácil.

–Así que prefiere seguir haciendo lo que hace, ¿no?

Aquel comentario la indignó.

–Yo no he dicho eso. Solo pienso que es mejor hacer cada cosa a su tiempo.

–Entonces, ¿no le gusta asumir riesgos?

–Ha venido aquí a hablar del alquiler, *signor* Carrera... ¿no será mejor que se ciña a eso?

Bastian paseó la mirada por los bonitos rasgos de aquella mujer y se dio cuenta de que algo que debía de haberle resultado sencillo: ir directamente al grano, le estaba resultando agotadoramente complicado.

Se preguntó qué habría querido decir Lily con eso de que su vida había sido complicada y que por ello había perdido la confianza en sí misma. Se preguntó si habría estado deprimida, si se estaría recuperando de un accidente o de una enfermedad, o si la habrían engañado y había perdido todo su dinero.

Entonces recordó que su padre había comentado que se había divorciado hacía poco tiempo. Debía de haber sido aquel matrimonio fallido lo que había minado su confianza. Y si seguía enamorada de su ex...

La idea lo molestó más de lo debido, así que hizo un esfuerzo por concentrarse en el motivo de su visita.

—Muy bien. Hablemos de negocios. Por desgracia, necesitamos que deje la propiedad lo antes posible, *signora*, y estaremos encantados de compensarla por ello. Como ya le hemos dicho, le proporcionaremos una vivienda similar en la misma zona.

Lily se frotó los brazos desnudos como si tuviese frío y a él se le aceleró el corazón al pensar en cómo darle calor. Hacía mucho tiempo que no le atraía tanto una mujer y el hecho de que lo atrajese justo aquella podía ser un problema.

—¿De verdad espera que acceda a marcharme así, sin más? —le preguntó ella, metiéndose un mechón de pelo rubio detrás de la oreja—. No sé si sabe que tengo derechos.

—Por supuesto que los tiene. Por eso le estoy haciendo una buena oferta. Vamos a compensarla y a buscarle otro lugar donde vivir.

Bastian tomó aire y se sintió cómodo al añadir:

–Si no accede a marcharse, me temo que tendré que acudir a las autoridades para echarla.

Ella se puso en pie de inmediato. Bastian vio que le temblaban los labios y que se ruborizaba.

Se sintió fatal por haberla puesto en aquella situación. De hecho, no quería decepcionarla.

–¿De verdad haría eso? ¿De verdad piensa que es justo?

Él levantó un ancho y musculoso hombro y volvió a dejarlo caer. Decidió hablar en tono neutro para evitar una desagradable confrontación.

–Le hemos dado tiempo para aceptarlo –añadió, pasándose las manos por el pelo–. No me diga que no ha sido suficiente.

–Sí, pero... no.

Lily decidió que no iba a dejarse amedrentar por Bastian Carrera. No iba a tolerar que él, ni nadie, la tratase como a un ser indefenso y débil.

En el colegio se habían burlado de ella por ser tímida y no querer formar parte de ningún grupo. La habían aislado y hostigado, haciéndola sentirse todavía más sola que en casa. Una casa que no había sido precisamente el mejor hogar. Y todo aquel dolor hacía que, en esos momentos, estuviese todavía más dispuesta a enfrentarse a su casero.

–¿A usted le gustaría que lo echasen de su casa así? ¿Como si sus necesidades no importasen nada? –inquirió enfadada–. Es evidente que las personas como yo no importamos nada cuando nos interponemos en sus objetivos, ¿verdad?

–¿Qué quiere decir con eso?

–Sabe muy bien lo que quiero decir. Es evidente que piensa que mis necesidades no valen nada en comparación con las suyas. Soy una mujer normal y corriente, que intenta ganarse la vida, y que no va a permitir que un hombre que se considera superior solo porque ha heredado dinero y tierras y no tiene que depender de nadie para tener un hogar le diga lo que tiene que hacer.

–¿Piensa que no aprecio lo que tengo? ¿Que no valoro mi buena suerte? –preguntó él–. No tiene ni idea de lo equivocada que está. Trabajo tan duro, sino más, que cualquiera de mis empleados que necesitan alimentar a sus familias porque es lo que he aprendido de mi padre. Su ejemplo me ha enseñado que un negocio vale lo que valen las personas que lo dirigen, que tenemos que valorar a las personas que trabajaban para nosotros y hacerles saber que su ayuda es esencial para el éxito y el bienestar de todos.

La pasión de su voz hizo que Lily se diese cuenta de lo mucho que había molestado su comentario a Bastian. Su reproche había sonado a celos, pero en realidad no era eso lo que sentía. Solo quería que la tratasen de manera justa.

–No he dicho que no sepa valorarlo. Yo también me enorgullezco de trabajar duro, es solo que...

De repente, tenía a Bastian justo enfrente y tuvo que hacer un esfuerzo para no desconcentrarse con su apabullante presencia.

–¿No podría esperar algo más de tiempo a convertir este terreno en un olivar ecológico? Al menos, hasta que se termine mi contrato. ¿No podría, a menos, considerarlo?

Respiró hondo, estaba sudando y eso la incomodaba. Hacía un día particularmente caluroso, pero la temperatura exterior no era el único motivo por el que tenía tanto calor.

Era Bastian Carrera la que la hacía sudar.

Al ver que este no respondía inmediatamente, añadió:

–Sinceramente... ha hecho que me enfade.

Él forzó una sonrisa. De repente, su enfado había desaparecido.

Lily lo miró a los ojos y lo que vio en ellos fue mucho más peligroso.

–Es la frase típica que diría una amante.

–¿De qué está hablando?

Estaba demasiado agitada para entender cómo o por qué había tomado aquel rumbo la conversación. Aunque, en realidad, lo sabía.

La tensión que había entre ambos era cada vez más intensa.

Y, como para confirmarla, el italiano levantó su fuerte mano y se la apoyó en la nuca mientras inclinaba el rostro hacia ella. A Lily no le dio tiempo a pensar nada más que en lo mucho que lo deseaba.

Sus labios la devoraron y Lily tuvo su respuesta. Apoyó las manos temblorosas en sus hombros como si no quisiera dejarlo marchar y oyó que Bastian murmuraba algo en italiano antes de meterle la lengua en la boca.

Ella gimió de placer y sintió que se le doblaban las rodillas.

Bastian la sujetó instintivamente por la cintura y, sin hacer ningún esfuerzo, la tomó en brazos para dejarla con cuidado encima del sofá. Lily tenía el corazón desbocado, pero no se preguntó por la sensatez de lo que estaba haciendo. Estaba completamente embriagada por el olor de Bastian, por la sensación de estar entre sus brazos.

Estaba completamente hipnotizada.

Con la respiración contenida, lo vio desabrocharse con urgencia la camisa y dejar a la vista el pecho más moreno y musculoso con el que una mujer podía soñar, cubierto por una suave capa de vello moreno. Entre aquello, sus penetrantes ojos marrones y su carisma, Lily supo que iba a ser imposible resistirse.

Lo vio sacarse algo del bolsillo de los pantalones vaqueros y abrir el envoltorio y, aturdida, se dio cuenta de que iba a ponerse protección. La sorprendió no haberlo pensado ella antes, pero tuvo que admitir que no tenía la costumbre de verse en semejante situación.

Bastian se colocó encima, apretándola con su peso sobre el sofá, y Lily lo miró fijamente.

Era incapaz de articular palabra, era como si, de repente, se hubiese parado el tiempo. Bastian la besó en los labios, en las mejillas y en los párpados, la acarició con su torso. Le desabrochó con facili-

dad el sujetador color crema para liberar los peque-
ños pechos y ella dio un grito ahogado.

El roce del aire contra su piel desnuda tuvo un
efecto inmediato. La hizo sentirse como si se tratase de otra mujer.

Nunca había deseado tanto a un hombre.

El italiano inclinó la cabeza y tomó uno de sus
pezones con la boca, se lo mordisqueó y la hizo
gemir de placer. Era la combinación más erótica de
placer y dolor que Lily había experimentado en
toda su vida y no quería que terminase.

Bastian levantó la cabeza y la miró a los ojos.

–¿*Signora*, puedo tomarla? –le preguntó con voz
ronca.

–Sí, sí... –susurró Lily.

Él le bajó la ropa interior y le separó los sedosos
muslos. Un segundo después la estaba penetrando.

Lily sintió una punzada de dolor que enseguida
se calmó. Tuvo la sensación de que lo había estado
esperando toda la vida.

Y aquella revelación la sorprendió.

Bastian también parecía sorprendido, la miraba
como si no pudiese creer lo que estaba ocurriendo.

–*Sei incredibile* –murmuró.

No hablaron más. Sus cuerpos empezaron a moverse de manera intuitiva y Lily lo abrazó con las
piernas por la cintura.

No pensó en nada más, no se arrepintió.

¿Cómo iba a arrepentirse de algo tan extraordi-
nario y maravilloso?

Él le había dicho que era increíble, pero Lily pensaba lo mismo de Bastian... y más.

Bastian nunca había estado tan excitado, nunca había deseado tanto a otra mujer. Recordó que se había burlado de su padre al preguntarle si Lily lo había hechizado, y se dio cuenta de que el hechizado era él.

La había notado tensa nada más entrar en ella, y se preguntó si las relaciones sexuales no habrían funcionado con su ex.

Sintió que iba a llegar al clímax y se concentró en ayudarla. A juzgar por la expresión del rostro de Lily, parecía totalmente abrumada por la experiencia.

Y aquello lo enorgulleció, no pudo evitarlo. Todavía estaba disfrutando de sus gemidos cuando notó que llegaba al clímax también.

–Mírame –le ordenó.

Lily obedeció, sus ojos verdes brillaban como el cristal, estaba despeinada. Bastian se apretó con fuerza contra ella y gimió.

Se dejó caer sobre su cuerpo e intentó recuperar la respiración. Había sido el mejor sexo de toda su vida. A pesar de que acababa de conocer a Lily, era evidente que entre ellos había una conexión inexplicable.

Cuando volvió a levantar la cabeza para estudiar su rostro, vio que tenía los ojos llenos de lágrimas.

Se apartó con cuidado de ella, le cambió el sitio y la abrazó. Seguía teniendo el corazón más acelerado que en toda su vida.

Preocupado, preguntó.

—¿Por qué lloras, *mia dolce*? ¿Te he hecho daño?

—No. No sé por qué estoy llorando —respondió ella, llevando una mano a su rostro.

Él se la agarró y le dio un beso en la palma, como si fuese algo precioso.

¿Qué le ocurría? Se estaba comportando como si fuese incapaz de controlar sus actos y aquello lo alarmó. No había creído posible que el fuego de Lily pudiese quemarlo tanto...

Capítulo 2

TIENE que marcharse.

De repente, la voz de su amante era firme. Lily se puso en pie mientras hablaba, se alisó el pelo y la ropa, e incluso se quitó el sujetador y se lo metió en un bolsillo.

A él le costó saber que estaba desnuda debajo del vestido de colores y no volver a desearla. Bastian quiso continuar con lo que habían empezado, pero no se atrevió, supo que sería como echar gasolina a un fuego que amenazaba con descontrolarse.

Además, necesitaba tiempo para asimilar lo ocurrido, para...

Se puso en pie también y se ocupó del preservativo. Después se abrochó los pantalones vaqueros y recogió la camisa del suelo. Se la puso, se pasó una mano por el pelo y se giró a mirar a su inquilina.

—No hemos terminado de hablar —declaró, incómodo después de lo que había ocurrido.

—¿Piensa que me he olvidado de que me quiere echar? —inquirió ella.

—No, no me refería a eso —respondió él en tono más suave.

Le era imposible sentirse enfadado y frustrado con la mujer que acababa de llevarlo al cielo.

—Pero sigue queriendo que me marche antes de que se termine mi contrato y... ya le he dicho que tengo derechos, y buscaré a un abogado si hace falta. No va a deshacerse tan fácilmente de mí, *signor*.

Bastian no había esperado oír aquello. Y tuvo que admitir que la admiraba por seguir manteniéndose firme.

—Mira, lo único que quiero decirte es que estoy dispuesto a buscar otra solución y a darte alguna opción más.

—¿Qué?

Él se pasó la mano por la cara.

—Que no hace falta que te marches inmediatamente. Tengo que viajar a Brasil por negocios y voy a estar fuera unas seis semanas. Así pues, he decidido que puedes quedarte hasta que regrese. Entonces revisaremos la situación. ¿Te parece mejor así?

—Lo cierto es que sí, sería mejor.

—Bien, pues ya está arreglado.

—¿Y los nuevos olivos?

—Eso también puede esperar a que yo vuelva.

—Entiendo...

Lily se frotó los brazos como si tuviese frío y él deseó volver a abrazarla.

—¿Lo que acaba de ocurrir entre nosotros le ha hecho cambiar de opinión, *signor* Carrera?

–Llámame Bastian.

Lily se ruborizó. Su situación no iba a ser más sencilla solo porque se llamasen por su nombre.

–Porque, si es así, no quiero que sienta que me debe nada.

–Después de conocerte, no pienso que seas esa clase de mujer –respondió él, suspirando–. En cualquier caso, yo soy un hombre razonable. Si no estuviese dispuesto a considerar tu situación después de lo que hemos compartido y te pidiese que te marchases ahora mismo, me estaría traicionando a mí mismo.

–Bueno... me alegro de que piense así.

–Ocurra lo que ocurra, que sepas que no lamento lo que acaba de pasar.

A Lily le brillaron los ojos al oír aquello.

–En cualquier caso, no volverá a ocurrir, *signor*. ¡Eso se lo puedo asegurar!

No obstante, Lily prefirió no pensar en que aquel había sido el sexo más increíble de toda su vida, y que no iba a ser tan fácil evitar que volviese a ocurrir.

Un rato después, mientras se peinaba frente al espejo antiguo que había en su dormitorio, estudió su reflejo y se dijo que parecía otra persona.

Todavía ligeramente aturdida, se dispuso a trabajar a pesar de saber que iba a estar distraída.

No obstante, lo mejor era que no tenía que marcharse de allí todavía. La decisión de su casero de darle algo más de tiempo le iba a dar la oportunidad de pensar y tomar algunas decisiones.

Durante los siguientes días, además de ocuparse de su trabajo remunerado, Lily empezó a sacar tiempo para sus propios cuentos e ilustraciones. Sin saberlo, el atractivo italiano le había propuesto un reto al preguntarle si no quería escribir y dibujar sus propias historias, y Lily había decidido que iba a intentarlo.

Su ex había pensado que perdía el tiempo dibujando cuando podía conseguir un trabajo mejor, pero Bastian tenía otra opinión. Tal vez su guapo casero le había dicho precisamente lo que había necesitado oír.

Había pasado varios días preguntándose cómo había podido comportarse de manera tan desinhibida con él, como si no tuviese moral, pero al recordar la conexión y la química que había habido entre ambos desde el primer momento, no lo podía lamentar. Lo que no sabía era cómo iba a manejar aquella tentación cuando Bastian regresase de Brasil. ¿Volvería a acostarse con él a pesar de haberle dicho que no iba a hacerlo?

Tal vez lo mejor sería poner distancia entre ambos y mudarse a la casa que le habían ofrecido antes de que él volviese. Suspirando, decidió hablar del tema con Alberto, que le caía bien y que sabía que le daría un buen consejo.

Pero cuatro semanas después de que Bastian se hubiese marchado Lily descubrió que tenía una falta y, después de ir a la farmacia local con la intención de tranquilizarse, descubrió que estaba embarazada...

Julio, agosto y septiembre eran meses de invierno en Brasil, pero con temperaturas similares a las del verano en los Abruzos. Bastian estaba acostumbrado al calor, así que casi no lo notó, pero no podía dejar de pensar en la situación que había dejado en casa.

Estaba acostumbrado a que las mujeres se acercasen a él, pero con su bella y joven inquilina aquel no había sido el caso. Una fuerte atracción los había empujado a hacer lo que habían hecho sin pensarlo. Sin plantearse si estaba bien o mal.

Tal vez fuese que Lily no había sido la que había dado el primer paso el motivo por el que no conseguía sacársela de la cabeza. Y, de hecho, contaba los días para volver a verla.

Lily había estado más ocupada de lo habitual. Desde que se había enterado de que estaba embarazada, además de continuar dibujando y trabajando en sus propias historias, había decidido hacer que su casa fuese más acogedora.

La casa nueva era más espaciosa que la *villeta*, pero

igual de bonita. Para impregnarla de su propia personalidad, había cubierto el generoso sofá y los sillones con chales de seda y había comprado cojines en el mercado del pueblo. Y se había asegurado de que el cuenco de cerámica naranja que se había encontrado en la cocina estuviese siempre lleno de fruta.

Eso la ayudaría a recordar que tenía que comer especialmente sano, por el bebé.

Lo hecho, hecho estaba, y aquella era la consecuencia.

Nunca se había planteado el cambio que un bebé traería a su vida y la idea la asustaba. Habría quien diría que traer al mundo a un hijo ella sola, como madre soltera, era un acto de irresponsabilidad, pero la idea le gustaba. De repente, su vida tenía mucho más sentido.

Lo único que la preocupaba era no habérselo contado a Bastian todavía. Este no había vuelto de viaje y Lily no sabía cómo iba a reaccionar. Sin duda, se sorprendería, pero en cualquier caso ella ya había tomado una decisión.

No quería depender de otro hombre, sobre todo, después del fracaso de su matrimonio, pero Bastian volvería a casa antes o después y tendría que darle la noticia.

Mientras tanto, y a pesar de echar de menos la *villeta*, con su tragaluz y las vistas a los campos de olivos, la tradicional casa de piedra que los Carrera le habían alquilado era igual de agradable. Además, estaba más cerca del mar y rodeada de vegetación.

Lily se despertaba con el sonido de las olas del mar y, al atardecer, podría admirar las maravillosas puestas de sol.

Cuando le había pedido consejo a Alberto acerca de qué hacer, este había sido todo amabilidad.

–Haz lo que te diga tu corazón. Independientemente de lo que te haya dicho mi hijo, no tienes de qué preocuparte. Podemos esperar a que tomes una decisión. Ante todo, queremos que estés contenta, Lily, no siempre hemos tenido inquilinos tan encantadores y de fiar como tú.

Ella le había dado dos sonoros besos y Alberto había sonreído con cariño.

La pregunta era si Bastian habría heredado de su padre aquella capacidad para reconfortar y dar seguridad...

Bastian fue de un lado a otro de la habitación con impaciencia mientras que su padre se quedaba sentado pacientemente en su silla favorita de la cocina y esperaba a que se tranquilizase.

–¡No puedo creer que hayas permitido que se mude así, sin más! –espetó Bastian–. Yo entendí que se iba a quedar en la *villeta* hasta que volviese de mi viaje. Además, dijo que le inspiraba trabajar bajo el tragaluz. ¿Y si en la casa nueva no encuentra la inspiración?

Bastian se quedó inmóvil de repente, puso los brazos en jarras y fulminó a su padre con la mirada.

—¿Por qué te preocupa tanto que la casa la inspire o no? Antes te daba igual. Ambos sabemos que hay que echar abajo la *villeta* para preparar el terreno. Fuiste tú quién me acusó de estar siendo demasiado blando con ella. Pensé que querías que se marchase lo antes posible —le respondió este.

—Sí, es verdad.

Incómodo, Bastian se apartó el rebelde mechón de pelo que caía sobre su frente. No sabía por qué le afectaba tanto aquella mujer. Volvió a tener la sensación de que lo había hechizado.

—Olvida lo que te acabo de decir. Si está contenta con el cambio, mejor para todos, ¿no? La llamaré para ir a verla más tarde, a ver qué tal está. ¡Y para darle las gracias por haber cooperado al final!

Suspiró como si hubiese estado conteniendo el aire durante una eternidad y se acercó a su padre para apretarle el hombro cariñosamente. Lo miró con detenimiento.

—¿Has estado bien? Dolores me ha dicho que se está asegurando de que comes bien y descansas todo lo posible, espero que no te haya vuelto a doler el pecho.

Alberto frunció el ceño.

—Entre los dos me hacéis sentir como si fuese un niño enfermo. ¿Por qué no te olvidas de mí y me cuentas qué tal ha ido tu viaje? ¿Ha merecido la pena?

Bastian sonrió.

—Ya sabes que nunca voy de viaje de negocios si no va a merecer la pena.

Capítulo 3

HACÍA tiempo que Bastian no daba una vuelta por sus propiedades y, a pesar de que sabía que Mario, el encargado, se ocupaba de que todo estuviese en las mejores condiciones, le sorprendió que aquella casa en particular estuviese tan bonita y acogedora.

La construcción era la de la típica casa de campo italiana, con techos de ladrillo en el interior que habían sido renovados y modernizados. La cocina, los dormitorios y los baños eran espaciosos y las vistas al mar, espectaculares.

En la parte exterior, se fijó en que habían removido la tierra para plantar algo, de hecho, ya había empezado a crecer y había flores rosas, azules y amarillas. La mayor parte del espacio era de patio... y hacía mucho tiempo que no había visto flores allí.

Se preguntó si Lily sería la responsable de aquel cambio. Sabía que Mario jamás habría tomado la decisión de cambiar algo sin habérselo consultado antes.

Se frotó la mandíbula y subió los escalones que daban a la puerta principal, que, sorprendentemente, estaba abierta. Llamó con fuerza y se asomó.

–¿Hay alguien en casa? –preguntó.

–¿Eres tú, Alberto? Dame un minuto, por favor. Estoy ocupada...

Bastian no había sido consciente de las ganas que tenía de oír aquella voz, así que entró. Su bella inquilina estaba sentada de espaldas a él, frente al escritorio de madera de castaño que él mismo había puesto allí mucho tiempo atrás, con el lápiz en la mano, concentrada, dibujando.

Llevaba el pelo claro recogido con un pañuelo verde esmeralda, dejando al descubierto el esbelto cuello. Bastian se quedó inmóvil un momento, deseando apoyar los labios en su piel. Por suerte, fue capaz de controlarse, porque Lily se giró de repente y lo vio.

Se ruborizó.

–*Signor* Carrera... no sabía que había vuelto de su viaje. ¿Desde cuándo está aquí?

Dejó el lapicero y se puso en pie, alisándose inconscientemente el pelo. Iba vestida con una camiseta de tirantes blanca y unos pantalones color melocotón de seda.

Bastian tuvo que hacer un esfuerzo por controlar el deseo.

–Ayer... por la mañana.

–Entonces, supongo que todavía estará cansado.

–En absoluto. La idea de volver a casa siempre me revitaliza.

–Bueno, yo... ¿Quiere tomar algo? –le preguntó Lily, mirando hacia la cocina.

–No. Ahora mismo no me apetece nada.

«Salvo tú», pensó.

–¿Te gusta la casa nueva?

–Me encanta. No sé por qué me preocupaba tanto la idea de mudarme.

–Bien, me alegro. Y veo que estás trabajando. ¿Puedo echar un vistazo?

–Por supuesto. Es una ilustración para un libro nuevo.

Lily retrocedió para permitir que Bastian se acercase y este aspiró su embriagador olor. El olor de Lily le recordaba a todas las cosas que amaba de la vida... ¿Cómo se le podía haber olvidado después de los momentos de intimidad que habían compartido?

Sintió calor, pero clavó la vista en el cautivador dibujo de un gato de enormes ojos verdes y gesto decidido.

–¿Es para un cuento de otra persona o tuyo?

–¿Acaso importa?

–Sí, yo pienso que sí. Es muy bueno, pero preferiría que fuese para un cuento tuyo.

–¿Por qué?

Él se cruzó de brazos y la miró. En realidad, la examinó como si estuviese viéndola por primera vez, y se sintió satisfecho de haberla hecho suya, no pudo evitarlo.

–Por dos motivos. En primer lugar, porque me recuerda a ti, y supongo que los cuentos que escribas serán tan buenos como tus dibujos y, en segundo lugar, porque es demasiado bueno para dárselo a otra persona.

Ella asintió.

–Bueno, pues tiene razón. Acepté su consejo y es una ilustración para mi propio cuento.

–Entonces, ¿te has tomado más en serio lo de escribir?

–Digamos que lo estoy intentando.

–¿Y por qué tiene el gato ese gesto de determinación? –preguntó Bastian sonriendo, divertido.

–Tendrá que leer el libro para saberlo. Eso, si es que lo publican.

–¿Por qué no? A juzgar por esta ilustración, sabes cómo dar vida a una historia infantil. ¿Cuál es el título?

–Me gustaría que se llamase *No digas nunca no puedo.*

–¿Es un consejo que te dieron de niña?

Lily se encogió de hombros e intentó sonreír, pero no lo consiguió.

–Sí... pero no siempre he sido capaz de ponerlo en práctica. Me lo dijo una profesora en un viaje del colegio a Francia. Yo no podía dormir por la noche, me daba miedo la oscuridad. Ella me dijo que no tenía nada que temer, que pronto volvería a estar en casa, y que disfrutase del viaje. Me pidió que volviese a la cama e intentase dormir, y yo le contesté que no podía.

–¿Y cuántos años tenías entonces, Lily?

–Nueve o diez.

–Estar fuera de casa a esa edad puede ser difícil para cualquier niño, seguro que no eras la única que se sentía así.

Ella frunció el ceño.

–Las otras niñas no parecían tener ningún problema. El caso es que yo... tenía que haber sido más valiente. Me sentí como una idiota.

–De eso nada –replicó Bastian con firmeza–. Eras solo una niña. De todos modos, estoy seguro de que el comentario de tu profesora te ayudó, porque todavía lo recuerdas. Tal vez ahora estás más decidida a superar tus miedos, ¿no?

–Me gustaría pensar que es así.

–Tengo la sensación de que esa falta de seguridad en ti misma es lo que más daño te hace, Lily.

–¿Cómo puede saber tanto de mí si casi no nos conocemos? –susurró ella.

De repente, la tensión sexual del ambiente era casi irrespirable.

–¿Te importa si cambio de opinión y acepto beber algo? –preguntó Bastian.

–En absoluto. ¿Qué le apetece?

–Una taza de café estaría bien. Solo, con un azucarillo.

–Entendido. ¿Por qué no se sienta?

Bastian escogió un sillón porque recordó lo que había ocurrido en el sofá la última vez. Mientras esperaba a que Lily volviese con el café, notó que tenía la boca completamente seca y se dio cuenta de que no sabía lo que le iba a decir.

Lily no era solo una chica guapa con la que hubiese tenido una aventura de una noche y de la que pudiese olvidarse sin más. Había entre ambos una conexión especial, que hacía que no pudiese dejar de pensar en ella...

–Aquí está. Espero que no esté demasiado fuerte.

Lily dejó dos tazas encima de la mesa y después se sentó en el sofá.

–*Grazie* –le respondió él–. *Perfetto*... justo como me gusta.

–Me alegro –murmuró ella aliviada–. ¿Qué tal ha ido su viaje de negocios?

Intentaba darle conversación, pero era consciente de la tensión que había entre ambos. Bastian dejó la taza encima de la mesa y la miró a los ojos.

–No vamos a perder el tiempo hablando de mi viaje. Tenemos que hablar de lo que ocurrió antes de que me marchara.

Lily jamás había imaginado que sería tan directo y, sin saber por qué, sintió náuseas. El fuerte olor del té que se había preparado debía de haberle revuelto el estómago.

Dejó la taza encima de la mesa, apoyó la espalda en el sillón y se cruzó de brazos. Todavía no se le notaba el embarazo, pero no tardaría mucho. De hecho, ya sentía los pechos más llenos.

Levantó la vista y miró a Bastian. ¿Cómo se le podía haber olvidado lo guapo que era? Moreno, seductor, atlético.

–No sé qué espera que le diga, *signor* Carrera.

Él la miró divertido.

—¿Estás empeñada en tratarme como a tu casero, verdad? Lo que te estoy preguntando es si has pensado en lo que ocurrió entre nosotros... o si has dado por hecho que todo iba a continuar como antes de que ocurriera.

Lily había fantaseado muchas veces con lo que le diría a Bastian cuando volviese a verlo, pero en esos momentos no era capaz de articular palabra. En especial, porque lo primero que tenía que contarle era que su encuentro había tenido consecuencias.

—A decir verdad, no creo que podamos hacerlo —respondió.

—¿Qué quieres decir?

Ella se quedó en silencio, nerviosa. Después de haber vuelto a ver a Bastian, lo último que podía hacer era fingir que su presencia la dejaba indiferente.

—¿No me estarás intentando decir que sales con alguien? ¿Es ese el motivo por el que quieres olvidarte de lo que ocurrió? —inquirió él en tono molesto.

Lily se metió un mechón de pelo detrás de la oreja, le temblaban las manos.

—No salgo con nadie y... me resulta difícil olvidar lo que ocurrió teniendo en cuenta que...

—¿Qué? —volvió a preguntar él, echándose hacia delante.

Comprensiblemente nerviosa, con el corazón a

punto de salírsele del pecho, Lily levantó la cabeza y miró al italiano a los ojos.

No era el momento de echarse atrás.

–Que me he quedado embarazada.

Capítulo 4

¿EMBARAZADA? –repitió Bastian, rompiendo el silencio.

Se levantó para ir a sentarse a su lado. Parecía muy afectado por la noticia.

–Jamás bromearía con algo así.

Aquella era una de las situaciones más difíciles en las que Lily se había visto en toda su vida.

Incluso más difícil que cuando le había dicho a su ex que quería poner fin a su matrimonio.

–¿Desde cuándo lo sabes?

–Poco después de que te marcharas...

–¿Pero te has hecho una prueba? Para estar segura, quiero decir.

Bastian se acercó todavía más y ella aspiró el olor de su aftershave. Se mordió el labio inferior. ¿Cómo podía mantenerse fuerte cuando su mera presencia la debilitaba?

–Sí. Compré una prueba de embarazo en la farmacia, aunque no habría sido necesario. Conozco mi cuerpo lo suficientemente bien para darme cuenta de los cambios.

Él se pasó las manos por el pelo, pensativo. Entonces, se apartó de repente y se cruzó de brazos.

–En ese caso, solo hay una solución –anunció–. Tendrás que casarte conmigo.

–¿Qué? ¡Eso es una locura!

–¿Por qué? ¿Te sorprende que quiera hacer lo correcto? ¿O es que no te gusta la idea de tener conmigo una relación permanente después del fracaso de tu anterior matrimonio?

–¿Eso cómo lo sabes?

–Estoy elucubrando.

Sorprendida, Lily prefirió no darle una explicación. De todos modos, solo podía pensar en lo que acababa de proponerle el italiano.

–Con respecto a tu idea... pienso que sería una locura que nos casásemos. Casi no nos conocemos. No tenemos una relación personal. Lo único que hemos tenido es...

–¿Sexo? –terminó él en su lugar, arqueando una ceja.

–Un encuentro íntimo inesperado, iba a decir yo.

No pudo evitar ruborizarse como una colegiala. No podía creer que Bastian estuviese dispuesto a casarse con ella solo por el bebé. Le parecía imposible. Era un terrateniente rico y ella... ella no era nadie.

–Lo principal ahora mismo es el bebé, Lily. A pesar de que no sabemos si tenemos algo más en común, al menos sabemos que somos compatibles físicamente. Así pues, yo pienso que deberías considerar seriamente la idea de convertirte en mi esposa.

Aquello la indignó.

—Las cosas no funcionan así. El mundo está lleno de madres solteras y, además...

—Continúa.

—Yo no quiero que nadie decida mi destino.

Se puso en pie y apoyó una mano en su vientre, como para protegerse.

—No esperaba que me planteases algo así. Yo asumo la plena responsabilidad de mis decisiones y pretendo criar a este hijo sola... por muy duro que sea.

—Si vas por ahí, solo vas a ponerte las cosas más difíciles. En cualquier caso, no me parece que hacer esto sola sea la mejor decisión. El bebé también es mío. Lo que me hace plantearme la siguiente pregunta.

La miró fijamente a los ojos y añadió:

—¿Has pensado en abortar? Muchas mujeres lo habrían hecho en tu situación.

A Lily le sorprendió la pregunta.

—Sé que no me conoces, pero ya considero a este bebé mi hijo. Ya lo amo. Y lo he querido... desde el principio.

—Me alegra mucho oírlo.

Había una indudable satisfacción en su voz, así que Lily supo que le había gustado su respuesta.

—Pero a pesar de saber que tengo que tener en cuenta lo que tú quieres, Lily —continuó Bastian—, también tengo que decirte que, como padre, pretendo cumplir con mi deber y apoyaros a ambos.

–No es necesario. Estamos en el siglo XXI, no en la Edad Media.

Bastian hizo una mueca.

–¿Te parece un atraso que un hombre quiera cuidar de la madre de su hijo? Desde mi punto de vista, ahí es donde la sociedad ha empezado a equivocarse.

–¿Por qué? –replicó ella–. ¿Acaso quieres ser padre?

Él se quedó inmóvil un instante.

–Eso no importa. Lo importante es que pretendo cumplir con mis responsabilidades, no eludirlas. No sé si esa ha sido la experiencia que has tenido hasta ahora con los hombres que hayan estado en tu vida, me da igual. Yo haré lo correcto y cuidaré de mi familia.

Si era honesta consigo misma, le gustaba la idea de que Bastian se refiriese a ella y al bebé como su familia, y lo admiraba por querer asumir la responsabilidad a pesar de que aquello la desconcertase. La idea de que Bastian estuviese a su lado, para cuidar de ella y del bebé era casi un sueño hecho realidad, ¿o no?

El problema era que, en su experiencia, casi nadie cumplía ese tipo de promesas.

Suspiró, volvió a sentarse y tomó un cojín que colocó delante de su vientre.

–Digas lo que digas, pienso que deberías tomarte algo de tiempo para pensarlo. Acabas de volver de viaje y me comentaste que querías plantar más olivos. Es el medio de subsistencia de tu familia y tiene que ser tu prioridad.

Bastian arqueó las cejas.

–¿Esperas que crea que tú no vas a anteponer tus propias necesidades? No es esa la experiencia que he tenido con las mujeres.

Lily no quería saber nada de sus experiencias anteriores con las mujeres, no quería ni imaginárselo abrazando a otra.

–Mira, ya te he dicho que no necesito tu ayuda. Para mí la independencia es muy importante y si he aprendido algo de mi anterior matrimonio es que los hombres suelen pensar en ellos mismos antes de pensar en la mujer de su vida.

Él ya estaba negando con la cabeza, mostrando su desacuerdo.

–Siento que esa haya sido tu experiencia. La mayoría de los hombres italianos se enorgullecen de cuidar a sus mujeres e hijos. Para nosotros, la familia es lo más importante.

Bastian no pudo evitar recordar la pérdida de su madre y el impacto que aquello había tenido en su padre. A pesar de que él no la había conocido, no pasaba un solo día sin que pensase en lo distinta que habría sido su vida si hubiese conocido el amor y los cuidados de una madre.

Todos esos años, Alberto había estado solo. Era el hombre más bueno y cariñoso del mundo, pero había perdido a la mujer que lo había sido todo para él. Y nunca había intentado reemplazarla por otra porque, según le había dicho a su hijo, la perfección era imposible de reemplazar.

Bastian pensó en sus fallidas relaciones pasadas, sobre todo en una en particular. Tenía miedo a que se le rompiese el corazón y no soportaba la idea de casarse y perder a su esposa, sobre todo, dando a luz.

Por suerte, no sentía por Lily lo que sus padres habían sentido el uno por el otro. Él no pondría en riesgo su corazón. La cuidaría y adoraría a sus hijos, porque no tenía la menor duda de que tendrían más hijos después de aquel bebé, y sería el marido que debía ser, pero, al fin y al cabo, el suyo sería un matrimonio de conveniencia, con indudables ventajas, se dijo a sí mismo.

—Eso me parece maravilloso —comentó Lily—. Me imagino que Alberto fue un padre increíble cuando eras niño.

—Así es.

—Pero también imagino que en ocasiones os sentiríais solos los dos, sin... sin tu madre, quiero decir.

—¿Te lo ha contado? —preguntó él en tono neutro, a pesar de que le molestaba que su padre hubiese hablado de un tema tan personal con Lily que, al fin y al cabo, solo era una inquilina.

—Surgió el tema un día.

—En cualquier caso, no siempre estábamos solos —contestó él con firmeza—. Tengo dos tías que se aseguraron de que estábamos bien, y muchos primos. Además, mi padre contrató a Dolores. Si queríamos compañía, la teníamos.

Lily no se creyó aquella última frase y, sin saber

por qué, se sintió triste. Tomó su taza de té y la llevó a la cocina. Para su sorpresa, Bastian la siguió.

Estaba enjuagando la taza en el fregadero cuando él la agarró del brazo. Sintió calor, de repente, no era capaz de pensar, mucho menos de hablar...

Cerró el grifo y dejó caer la taza.

–¿Qué? –preguntó.

–¿Cómo conociste a tu exmarido?

La pregunta la sorprendió.

–En casa de una amiga –respondió ella sin más.

–Continúa.

–Bueno... esta amiga siempre estaba intentando buscarme pareja porque pensaba que yo estaba demasiado sola. Marc y yo nos gustamos nada más conocernos. Salimos juntos varias veces y enseguida me pidió que me casase con él. Mi amiga estaba convencida de que era buena idea... de que Marc cumplía todos los requisitos... Según ella, era mucho mejor que estar sola.

–¿Y tú? ¿Te casaste porque a tu amiga le parecía bien y porque así no estarías sola?

–No me malinterpretes. Marc me gustaba. Era encantador, considerado y bueno conmigo, pero pronto me di cuenta de que comprometernos tan seriamente no había sido buena idea. Para empezar, porque él trabajaba de bróker en Londres y éramos muy diferentes.

–Explícate.

Lily suspiró.

–Yo soy una persona creativa y para mí el dinero no es tan importante como lo era para él. Nuestros valores eran completamente diferentes. Y eso es importante, ¿no crees? En cualquier caso, decidimos que lo mejor era separarnos. Yo pensé que, si no quería estar sola en un futuro, me buscaría una mascota en vez de a un hombre. Dan menos problemas.

Bastian apretó los labios.

–No estoy de acuerdo. Es solo que elegiste al hombre equivocado.

–A posteriori todo parece mucho más fácil, ¿verdad?

Se zafó de él y respiró.

–En cualquier caso, necesito tiempo para pensar. ¿Te importa si, por el momento, dejamos las cosas como están?

Él salió de la cocina en silencio y volvió al salón. Lily tardó en seguirlo. Bastian le había demostrado que tenía una voluntad de acero y que intentaría conseguir cualquier cosa que le pareciese importante. Si accedía a casarse con él, siempre tendría que defender su terreno...

–La próxima vez que hablemos decidiremos cómo será la boda. Sé que todavía tienes dudas, pero no pierdas el tiempo preguntándote si es lo correcto o no, yo no busco una relación sentimental, así que no tienes de qué preocuparte. Nuestra unión será puramente pragmática. Con el tiempo, estoy seguro de que te alegrarás de tenerme a tu lado en vez de lidiar con la maternidad sola. Lo último que necesitas es tener que preocuparte de transmitir tus temores al bebé.

—No querría hacer eso, pero, espera un momento... todavía no he tomado una decisión. Ya estoy divorciada y no quiero cometer dos veces el mismo error.

—Nuestro matrimonio no fracasará, Lily... si ambos tenemos claro lo que queremos.

—¿Y qué es lo quieres tú, Bastian? Ya has dicho que no buscas una relación amorosa.

Él se ruborizó.

—Será mejor que hablemos de eso mañana. Ahora mismo tengo que marcharme. Tengo mucho trabajo pendiente.

—Yo también, pero pienso que deberíamos dejar las cosas claras desde el principio, ¿no?

Bastian se quedó inmóvil un instante, mirándola, y Lily volvió a pensar que no se conocían. Aunque sí era cierto que entre ellos había un vínculo inexplicable al que no se podía resistir...

—Yo tampoco tengo ganas de sufrir, pero sabiendo que ambos hemos tenido decepciones y dolor en el pasado, podemos utilizar nuestras experiencias para evitarlo. Si no ponemos en juego nuestros sentimientos, este matrimonio podría ser más bien como una relación contractual. Si acordamos los términos, nos aseguraremos de que sea más fácil que ambos acabemos contentos.

Lily tragó saliva. Sinceramente, sentía náuseas. La idea no le gustaba lo más mínimo. No quería un acuerdo tan frío, ni siquiera si eso significase que Bastian iba a ocuparse del bebé.

—Entonces, ¿estaríamos predestinados a estar solos aunque viviésemos juntos como marido y mujer? —comentó—. Quiero decir, que una relación sin sentimientos a mí me parece un trato muy frío.

—Tendríamos intimidad —dijo él—. Algunas cosas son fundamentales. ¿No pensarás que voy a renunciar a una de las mejores cosas de la vida, la que, para empezar, nos ha unido? Te confieso que no podría vivir contigo sin ello.

Ella sintió que se ruborizaba y le aterró pensar que sentía lo mismo.

—Hablaremos mañana por la noche —determinó Bastian de repente—. ¿A las ocho te parece bien?

Aturdida, ella lo miró mientras se dirigía hacia la puerta.

Bastian no miró atrás.

Salió y cerró.

Lily sintió como el ruido de la puerta retumbaba en todo su cuerpo y tuvo la sensación de que estaba frente a un precipicio, debatiéndose entre saltar o darse la vuelta y aceptar lo que viniese después...

Bastian decidió ir andando a casa de su padre en vez de utilizar el coche. Había pasado mucho tiempo en salas de reuniones y en el avión y necesitaba respirar aire fresco. En esos momentos,

mientras atravesaba los campos de olivos, solo podía pensar en que iba a ser padre.

Le costaba creerlo. Desde que se había enterado
de la noticia, se había sentido como en un sueño.
Había deseado ser padre algún día, pero hacía mucho tiempo que no pensaba en ello. Concretamente
desde que su ex, Marissa, lo había engañado.

Desde niño, siempre había sentido que había un
vacío en su interior, un vacío que ni siquiera su
padre había podido llenar. Y oír llorar a su padre
por las noches solo le había hecho sentirse peor.

De pequeño, en una ocasión le había preguntado
si la echaba de menos, y cómo había sido.

Jamás se le había olvidado la respuesta.

—Tu *mamma* era como un ángel de Dios, hijo. La
mujer más bella y buena de la Tierra, y jamás la
olvidaré. Es una pena que nos dejase tan pronto.

Desde que Marissa lo había traicionado, Bastian
no había vuelto a compartir sus deseos personales
con nadie, pero siempre había pensado que todos
los niños necesitaban tener padres en los que pudiesen confiar, que los quisiesen y los apoyasen, y se
había jurado a sí mismo casarse con una mujer que
tuviese aquellas cualidades y más...

Una ligera brisa lo despeinó y trajo hacia él el
fuerte olor de los olivos. Se sintió satisfecho de que
aquellos árboles le hubiesen dado tanto a él y a su
familia, pero, al mismo tiempo, se sentía el guar-
dián de una de las plantas que simbolizaban la antigua Roma.

Algún día enseñaría a sus hijos la historia de los olivares y el simbolismo de una rama de olivo. Ya podía imaginarse cómo sería su primer hijo, una mezcla perfecta de él y de su madre, y jamás olvidaría la extraordinaria pasión que les había dado la oportunidad de traer a otro ser humano al mundo.

Esperaba que ambos tuviesen salud y pudiesen ser felices, aunque la suya no hubiese sido una unión planeada.

Cuando llegó a la cocina de su padre olió uno de sus platos favoritos de pasta y vio a Alberto delante del fuego, junto al ama de llaves, Dolores, que reía mientras removía la salsa.

Bastian ya había decidido que no iba a contarle inmediatamente que iba a ser abuelo, sino que esperaría a haber hecho planes para la boda con Lily. No obstante, no pudo evitar que se le acelerase el corazón al pensar en cómo reaccionaría su padre cuando se enterase de la noticia.

—¿Hay un plato para tu hijo favorito? —bromeó.

Dolores lo miró y sonrió. Ya tenía setenta años y el pelo cano, pero seguía siendo una mujer atractiva.

—Siempre llegas en el momento adecuado. ¡Por supuesto que hay un plato para ti!

—El chico necesita encontrar a una mujer que lo alimente —protestó Alberto—. Así no tendrá que venir a casa a comer.

—Odiarías que no viniese por aquí de vez en cuando y lo sabes. Y, cuando me case, traeré a mi mujer para que disfrutemos juntos de la comida –respondió Bastian.

Su padre arqueó las cejas.

–¿Me estás diciendo que has conocido a alguien?

–No quiero que te hagas ilusiones, padre. Siempre te he dicho que no va a pasar nada de eso hasta que no llegue el momento adecuado.

Alberto suspiró exasperado.

–¿Y qué significa eso? ¿Por qué tienes que ser siempre tan enigmático?

Bastian fue incapaz de reprimir una carcajada. Le gustó conectar con su padre en algo más que el trabajo, recordó los buenos tiempos que habían compartido siendo él un niño y cómo su padre siempre había conseguido animarlo con alguna broma y su buen humor cuando él había estado preocupado por algo.

–La culpa es tuya –le advirtió–. Me has enseñado a no mostrar mis cartas.

–¿Cómo era esa palabra francesa...? –comentó Alberto, pensativo, sonriendo–. Ah, sí, *touché.*

Dolores los miró en silencio y fue a buscar los platos. Luego se giró hacia Bastian y le dijo:

–No te quedes ahí parado, guapo, y ayúdame a poner la mesa.

Bastian se puso firme y sonrió.

–Por supuesto, *signora.* ¿Quién soy yo para discutir con mis mayores?

El ama de llaves tomó un paño de cocina y se lo lanzó.

Capítulo 5

LILY llevaba todo el día en tensión, esperando la llegada de Bastian. Ni siquiera dibujar la había ayudado a tranquilizarse y dejar de darle vueltas a la cabeza.

Al final había desistido de trabajar y se había ocupado limpiando la casa de arriba abajo, a pesar de que no era necesario. Al menos tendría la satisfacción de saber que Bastian vería que le importaban las cosas terrenales y que no se pasaba el día en las nubes, soñando.

A las ocho menos cuarto entró en el dormitorio para quitarse la camiseta de algodón y los pantalones vaqueros que llevaba puestos y ponerse algo más adecuado para la conversación que iban a mantener. Se decidió por un vestido sin tirantes, con un estampado de flores lilas. Lo había comprado el día que se había divorciado, como símbolo de la nueva vida que iba a empezar.

Se deshizo el moño y se cepilló el pelo para dejárselo suelto sobre los hombros desnudos. Después se puso un poco de maquillaje y su perfume favorito.

Frente al espejo, se mordió el labio inferior. En realidad, lo que llevase puesto no importaba. Su aspecto era el de alguien que había tomado la última galleta del tarro y se sentía culpable por ello. Bastian todavía no había llegado y ella ya tenía las mejillas sonrojadas.

Entonces llamaron a la puerta y no le dio tiempo a pensar en nada más. Respiró hondo y bajó las escaleras despacio. No quería que Bastian pensase que estaba ansiosa por verlo.

Pero, al abrir la puerta, Lily se quedó sin aliento al encontrar con el que debía de ser el hombre más guapo del mundo.

Iba vestido con una camisa blanca y pantalones vaqueros oscuros, estaba despeinado y le sonreía.

—*Buonasera*, Lily... Supongo que me estabas esperando.

—Tu llegada no me sorprende, si es eso lo que quieres decir.

Él la miró de arriba abajo con apreciación antes de preguntarle:

—¿Tan predecible soy, *mia dolcezza?*

Ella notó que se le secaba la boca y abrió la puerta de par en par.

—Entra, por favor.

El apelativo cariñoso en italiano había sido suficiente para desequilibrarla. Respiró hondo para tranquilizarse, cerró la puerta tras de él y se dirigió al salón. Antes de sentarse, se dio cuenta de que

Bastian se fijaba en la botella de vino tinto que había dejado encima de la mesita del café, junto con una copa que había encontrado en uno de los armarios de la cocina.

Bastian frunció el ceño.

—¿El vino no será para ti?

—Por supuesto que no, ¿cómo voy a beber alcohol en mi estado?

—Me alegro de que no lo hagas —admitió él, mirándola fijamente, tal vez durante demasiado tiempo.

Lily tomó un vaso con zumo de naranja que se había preparado y le dio un buen sorbo antes de sentarse en un sillón.

El zumo no consiguió refrescarla lo más mínimo.

—El vino es para ti.

—Qué detalle. ¿Me sirvo?

—¿Permites que lo haga yo? Al fin y al cabo, eres mi invitado.

Bastian se sentó enfrente de ella, en el sofá verde agua, y Lily no pudo evitar recordar lo que había pasado en el sofá de su anterior casa...

¿Estaría pensando él en lo mismo?

Apartó aquella idea de su mente y descorchó la botella para servirle el vino.

Cuando hubo terminado, Bastian se inclinó hacia delante para examinar la etiqueta y asintió con aprobación.

—Veo que tienes buen gusto, Lily.

Ella volvió a tomar su vaso de zumo y se aferró a él con fuerza.

–Eso es todo un cumplido, procediendo de un italiano.

Bastian dio un sorbo y comentó:

–Pero no somos los únicos, muchos países producen vino de calidad excepcional. En cualquier caso... tenemos algo mucho más importante de lo que hablar, ¿no?

–Estoy de acuerdo. ¿Por qué no empiezas tú? –le invitó, notando que se le volvía a secar la boca de los nervios.

No se había olvidado de que Bastian le había propuesto un matrimonio de conveniencia.

–Necesitamos decidir cuándo va a ser la boda. Yo sugeriría que fuese lo antes posible.

–Entonces, ¿sigues convencido de que quieres que nos casemos?

Él cambió de postura para estar de frente a ella y la miró fijamente.

–¿Cómo voy a cambiar de opinión en relación a algo tan importante? Cuando me conozcas mejor te darás cuenta de que soy un hombre de palabra y de que siempre hago lo que digo.

–¿Aunque la otra persona no esté segura de estar de acuerdo contigo?

–Como veo que sigues teniendo dudas, Lily, tengo que estar yo seguro por los dos.

–Qué suerte que lo tengas tan claro.

Bastian arqueó las cejas, divertido.

–Tengo algo más que decirte que, con un poco de suerte, te dejará más tranquila. No tengo la intención de permitir que te ocupes del niño sola. Contrataré a la mejor niñera que pueda encontrar. Y pretendo estar presente siempre que pueda, cuando los niños o tú me necesitéis. En conclusión, que os daré una buena vida.

—¿Has dicho niños? —preguntó Lily, sorprendida—. Suena como si dieses por hecho que vamos a tener más hijos juntos.

Él esbozó la sonrisa más seductora y descarada que le habían dedicado nunca.

—No doy nada por hecho, pero sé cuál es la situación entre nosotros. ¿Esperas que haga como si no te desease?

Mientras hablaba, Bastian le quitó el vaso de la mano y la hizo ponerse en pie. De repente, lo único que pudo escuchar Lily fueron los latidos de su propio corazón.

—Pero un matrimonio... no puede estar basado solo en el deseo, ¿no? —murmuró con voz ronca—. Sino... sino...

Bastian la acalló con un apasionado beso y la respuesta de Lily fue automática. No dudó en abrazarlo para sentir los fuertes músculos de su pecho. Lo que sentía era tan intenso que amenazaba con arrasar el poco sentido común que le quedaba. Se olvidó de todo salvo de la idea de que Bastian no quería dejarla marchar, y el recuerdo de su anterior encuentro sexual le hizo desear repetir la experiencia.

Pero entonces, de repente, volvió en sí y lo apartó.

Él la miró divertido.

—¿Vas a fingir que no me deseas? —le preguntó.

—No voy a fingir nada —respondió ella, cruzándose de brazos—. Pero no deberíamos entregarnos al deseo tan fácilmente. Las consecuencias ya han sido muy serias.

—No deseo solo tu cuerpo, Lily. ¿No me has oído cuando te he dicho que pretendo casarme contigo?

Ella suspiró.

—Te he oído. Y también he oído que no quieres un matrimonio de verdad, sino de conveniencia. Eso no me lo pone precisamente más fácil. Es una decisión que nos afectará a ambos y necesito saber que estoy haciendo lo correcto. Ya te he contado que cometí un grave error al casarme con un hombre al que en realidad no conocía, no quiero repetirlo. En especial, sabiendo que voy a tener un hijo.

—También es mi hijo, Lily —le recordó él—, que no se te olvide.

El tono de voz de Bastian fue tan posesivo que Lily no supo cómo responder. Estaba hecha un lío. Sabía que no quería estar con un hombre que la considerase una posesión y que no tuviese en cuenta sus sentimientos. Después de lo ocurrido con Marc, habría sido una tonta si hubiese olvidado que a Bastian no le interesaba tener una relación amorosa con ella. Ya se lo había dejado claro...

Para distraerse, se dirigió hacia la cocina e intentó calmarse mientras sacaba el aperitivo que había preparado un rato antes.

No obstante, su carismático invitado tenía algo distinto en mente.

La agarró del brazo y le dijo en tono más calmado:

–Me estoy dando cuenta de que tenía que habértelo pedido de otra manera, perdóname, te lo pido ahora. Lily, ¿te quieres casar conmigo?

–Ya te he dicho que no es tan fácil darte una respuesta.

Él suspiró con frustración.

–Mira... voy a ser sincero contigo. Cuando era más joven estuve prometido a otra mujer de la que pensaba estar enamorado. Ella que, evidentemente, no sentía lo mismo que yo, me engañó con un conocido. Por si fuese poco, me los encontré en la cama juntos, en mi propia casa. Después de aquello...

Apartó la mirada y se encogió de hombros antes de continuar.

–Después de aquello me prometí a mí mismo que jamás volvería a tener una relación seria.

–Supongo que debió de dolerte, pero ¿qué has hecho desde entonces? ¿Asegurarte de que todas tus relaciones eran platónicas?

–No tanto, al fin y al cabo, soy humano –admitió Bastian sonriendo de medio lado–, pero, volviendo a mi petición de mano, Lily. ¿Quieres ser mi esposa?

Ella se sonrojó.

–Sigo sin estar segura, Bastian. Es una decisión demasiado seria como para precipitarse.

–Estoy de acuerdo en que el matrimonio es un asunto serio, pero, como te dije, si establecemos claramente las condiciones de nuestro acuerdo, ambos sabremos qué esperar del otro y, por lo tanto, será más difícil que nos decepcionemos.

–Te veo muy seguro de que vamos a cumplir esas condiciones...

–Lo estoy.

Lily supo que se le había acabado el tiempo y tenía que tomar una decisión. Estaba en juego el futuro de su hijo.

–Tengo que anteponer el bienestar de mi hijo al mío –empezó muy seria–, así que supongo que tengo que decirte que sí, Bastian. Me casaré contigo, seré tu esposa.

La mirada de Bastian se iluminó de satisfacción y ella se sintió bien pensando que, por una vez, había tomado la decisión correcta.

Pero entonces volvieron a surgirle las dudas.

Varias noches después de haber tomado la decisión trascendental de casarse y de haber fijado la fecha de la boda, Bastian accedió a dar algo de espacio a Lily para que terminase un encargo de trabajo antes de que se casaran, pero la sensación de satisfacción que tenía con su decisión de casarse se iba a ver perturbada por un acontecimiento inesperado.

Estaba en casa, después de haber terminado de

trabajar en el campo, cuando recibió una llamada de Dolores.

—¡*Signor* Carrera, tienes que venir a la casa, rápidamente! ¡A tu padre le duele el pecho otra vez y me temo que le esté dando otro infarto!

Bastian juró entre dientes y corrió a su coche y fue hacia casa de su padre sin pensarlo.

Al llegar, Dolores lo condujo directamente a la cocina. Alberto estaba hundido en una mecedora, sudando. Y Bastian le preguntó al ama de llaves si había llamado a una ambulancia.

—Sí, está de camino. He intentado dar agua a tu padre, pero parece que no puede tragar.

Bastian casi no la oyó. Se agachó delante de su padre y le acarició el pelo. Luego, tomó su mano y le aseguró que todo iba a ir bien.

Alberto se limitó a respirar pesadamente, como si casi no pudiese contener las lágrimas.

Entonces oyeron el característico sonido de la sirena de la ambulancia.

Bastian estaba emocionalmente agotado. Había pasado las horas más estresantes de toda su vida. Eran las tres de la madrugada y seguía junto a la cama de su padre en el hospital.

Alberto dormía profundamente y el médico había asegurado a Bastian que iba a ponerse bien, que necesitaba descansar y que el equipo médico se ocupaba de él.

Pero a Bastian le resultaba difícil creer que iba a recuperarse, viéndolo tan débil, casi sin poder respirar.

Cuando salió del hospital, Bastian se dio cuenta de que no podía volver solo a casa y, automáticamente, aparcó delante de casa de Lily.

—Bastian... son casi las cuatro de la madrugada. ¿Ha ocurrido algo?

Lily llevaba una bata de seda color verde y, debajo, un camisón corto color crema que dejaba al descubierto sus esbeltas piernas. Estaba despeinada y su expresión era de sueño.

Bastian no pudo desearla más.

—Mi padre está en el hospital, creemos que ha tenido otro infarto.

Se le quebró la voz y notó que los ojos se le llenaban de lágrimas.

Lily abrió la puerta de par en par para dejarlo pasar.

—Cómo lo siento. ¿Qué necesitas? Si hay algo que pueda hacer para ayudarte, no dudes en pedírmelo.

—No quiero estar en casa solo. ¿Puedo quedarme esta noche contigo? Es lo único que necesito.

Ella tomó aire y asintió.

—Entra.

Capítulo 6

LE HABÍA hecho el amor vorazmente durante las restantes horas de la mañana. No había habido tiempo para muestras de delicadeza. Bastian había sentido cerca la amenaza de la muerte y había reaccionado comportándose de manera primitiva, queriendo reafirmar la vida para contraatacarla, en consecuencia, había tenido con Lily menos cuidado del que hubiese debido.

Después se había disculpado de manera profusa, murmurando una y otra vez:

—*Sono cosi diapiaciuto...*

Después de pedirle perdón, la había recorrido a besos de la cabeza a los pies, como para aliviar el dolor que hubiese podido causarle y para que supiese que le importaba realmente cómo se sintiese.

Lily se había dejado llevar también. Jamás había imaginado que encontraría a un amante que le haría sentir como le hacía sentirse Bastian.

Era como si el deseo que sentían el uno por el otro fuese insaciable.

Desnuda, envuelta en las sábanas después de haber hecho apasionadamente el amor, Lily se tumbó con cuidado de lado y miró a Bastian a los ojos.

—Deberíamos intentar dormir un poco —le susurró.

—Lo sé —respondió él en un murmullo—. Perdona que te haya mantenido despierta, tesoro.

Después apoyó la mano en su vientre y se lo acarició con cuidado.

—¿Te encuentras bien? Quiero decir... ¿está bien el bebé?

—Los dos estamos bien. No te preocupes. Ya tienes bastante con pensar en tu padre.

—Sí, pero el *bambino* y tú pronto os convertiréis también en mi familia, ¿recuerdas?

Ella volvió a pensar que pronto legalizarían su situación y tuvo que admitir que la idea seguía poniéndola nerviosa. No quería volver a cometer el mismo error que con Marc.

—Hablando del bebé y para asegurarnos de que estás en las mejores manos, me gustaría que fueses a ver a un ginecólogo privado. ¿Te parece bien? —añadió él.

—Por supuesto, pero...

—¿Qué ocurre?

—Que ya he ido a un ginecólogo y estoy contenta con él, ¿para qué vas a pagar a otro cuando no es necesario?

—No te preocupes por el dinero. Solo quiero que tanto el bebé como tú tengáis lo mejor. Y, para ello, estoy dispuesto a pagar una fortuna.

—Pero...

–Pero nada. Mañana realizaré las llamadas necesarias.

Apretó a Lily contra su pecho y le dio un beso en la cabeza y ella sintió que nadie la había cuidado tanto jamás.

Notó que Bastian se quedaba dormido y se relajó ella también, pensando que al menos Bastian y ella tenían una fuerte atracción física y que él estaba dispuesto a cumplir con sus responsabilidades como padre.

No obstante, también recordó su matrimonio con Marc. En un principio había tenía la esperanza de tener un futuro feliz a su lado, a pesar de que solo lo había querido como amigo y no había estado enamorada.

Durante sus primeros encuentros se habían besado y a Lily le había encantado que fuese tan educado y detallista, pero, si era sincera, tenía que admitir que su falta de pasión la había preocupado. De hecho, había llegado a preguntarse si sería su falta de experiencia lo que hacía que no supiese excitarlo.

La situación no había mejorado con el tiempo a pesar de que Marc le había prometido que su noche de bodas sería como siempre había soñado. En realidad, la había engañado y la noche había sido un desastre. No habían podido consumar el matrimonio y Marc había acabado admitiendo que no se sentía en absoluto atraído por ella.

Cuando Lily le había recriminado que no se lo

hubiese dicho antes, Marc le había confesado por fin que era homosexual.

Lily pensó en el deseo que sentían Bastian y ella el uno por el otro. Jamás había imaginado que pudiese sentirse así y su amante no sospechaba que su primer encuentro había sido importante por más motivos además del de haberla dejado embarazada.

Cuando Bastian abrió los ojos, le dolía la cabeza. La luz del día inundaba la habitación y se dio cuenta de que no estaba en su cama, sino en la de Lily. Se sintió decepcionado al ver que esta no estaba a su lado. Olía a ella y solo el olor hizo que volviese a desearla. ¿Por qué se habría levantado tan pronto?

Molesto, se miró el reloj, vio la hora que era y entonces se acordó de que su padre estaba en el hospital.

—¡Maldita sea!

No podía creer que hubiese dormido tanto. Necesitaba averiguar de inmediato cómo estaba todo.

Tomó su teléfono y vio que no tenía ningún mensaje. Suspiró aliviado y envió un mensaje al médico, pidiéndole noticias. Después escribió un mensaje más largo a su padre, diciéndole que no se preocupase, que estaba en buenas manos y que él iría a verlo un rato más tarde. Terminó preguntándole si quería que le llevase algo.

Después fue al cuarto de baño y vio que Lily le había dejado toallas limpias para que se duchase.

No tardó en refrescarse y en cuanto estuvo vestido bajó a la cocina, donde olía a café y encontró a su amante, vestida con un sencillo vestido de algodón amarillo, descalza, delante del fuego, friendo beicon.

Aquella mujer parecía saber instintivamente cómo complacerlo.

Se colocó detrás de ella, la agarró por las caderas y la hizo girarse para que lo mirase.

–*Buongiorno*...

Le dio un beso en el cuello y se excitó al ver que había en él una marca de la noche anterior.

Aspiró su olor y sonrió lentamente.

–Tenías mucha prisa por levantarte antes que yo. Esperaba poder disfrutar un rato de ti antes del desayuno.

Ella se ruborizó y Bastian pensó que aquella timidez era una de las cosas que más le gustaban de ella.

–Me he levantado para preparar el desayuno. Espero que te gusten los huevos con beicon.

–Me gusta lo que me des, cariño, en especial, si lo has hecho tú.

Lily se giró hacia el fuego mientras comentaba:

–Veo que has heredado el encanto de Alberto.

Él no respondió y Lily apartó el beicon del fuego y se limpió las manos en un paño cercano.

Frunció el ceño y le preguntó:

–¿Has tenido noticias... del hospital?

–No. He mandado un par de mensajes, pero no me han respondido todavía. Supongo que debería salir a llamar, a ver si consigo hablar personalmente con el médico. ¿Te importa si posponemos el desayuno un par de minutos?

–En absoluto. Lo meteré en el horno. Tómate el tiempo que necesites.

Cuando Bastian volvió a la cocina, lo hizo sintiéndose aliviado. Se dejó caer en una silla y observó a Lily.

–Todavía no está fuera de peligro, pero el médico me ha dicho que está mucho mejor de lo que esperaban. Ahora mismo está dormido, pero puedo ir a verlo esta tarde. ¿Te gustaría acompañarme? Estoy seguro de que le alegrará.

Lily se sonrojó, tal y como Bastian había sospechado que haría.

–Por supuesto que me gustaría verlo, pero...

–Veo que vuelves a buscar una excusa.

–No es una excusa. Es que lo normal es que quiera verte a ti, tal vez yo debería ir en otro momento.

–¿Qué estás pensando? Cuéntamelo –le pidió Bastian, acercándose a ella para abrazarla.

Lily suspiró.

–Yo no soy de la familia. Ni siquiera soy una amiga íntima.

–No estoy de acuerdo –la contradijo él–. Vas a tener un hijo mío y pronto nos vamos a casar. No podrías ser más de la familia.

Ella se apartó de sus brazos, como si aquello la incomodase, y se limpió las manos en el delantal que llevaba puesto.

–Seguro que tienes razón. Ahora, siéntate y vamos a desayunar. Después ya decidiremos a qué hora vamos a ir al hospital.

Lily se había quitado el alegre vestido y se había puesto una sobria túnica azul y unos pantalones blancos de lino. El único adorno que llevaba era la cadena y la cruz de oro que su madre le había regalado por su dieciocho cumpleaños.

No solía llevar joyas porque eso le recordaba que hacía mucho tiempo que su padre se había marchado a Escocia, dispuesto a vivir una nueva vida y a dejar la antigua atrás.

El padre de Lily había abandonado finalmente a su madre después de años de interminables discusiones debidas a las infidelidades de este. Así que a Lily la había criado su madre y tenía muy pocos recuerdos de los tres juntos. La ironía era que su madre también estaba viviendo con otro hombre y lo estaba ayudando a criar a sus hijos.

¿Nunca se le había ocurrido pensar que a su propia hija le había faltado cariño y atención?

Sus dos padres la habían abandonado antes de que Lily fuese capaz de encontrar una estabilidad en su vida. Por lo tanto, no era de sorprender que fuese tan insegura.

Aun así, intentó apartar aquello de su mente mientras subían en el ascensor hasta la última planta del hospital, donde estaban las habitaciones privadas. Salieron a un elegante pasillo decorado con cuadros y se sorprendió al notar que Bastian le agarraba la mano antes de entrar en una habitación llamada «Da Vinci».

Bastian había estado en silencio durante casi todo el trayecto en coche, probablemente preocupado por su padre. No obstante, en esos momentos esbozó una sonrisa antes de entrar en la habitación.

A Alberto, que todavía tenía aspecto frágil, le estaba tomando la temperatura una enfermera vestida de uniforme, y puso gesto de sorpresa al ver entrar a Lily con su hijo.

–Eh, me alegra ver que estás mucho mejor –lo saludó Bastian, acercándose–. ¿Ya no necesitas oxígeno? Eso tiene que ser una buena señal.

Abrazó a su padre con cuidado y después añadió en tono malicioso:

–¡Me han dicho que estás volviendo locas a las enfermeras con tus exigencias! Seguro que daban por hecho que un hombre de tu edad sería mucho más manejable y no les daría ningún problema.

Su padre lo miró divertido.

–Yo no le doy problemas a nadie. Soy como un osito de peluche.

Bastian se echó a reír.

La enfermera, que había estado observando a su paciente, intervino:

–Le voy a dejar solo un rato, para que pueda estar con su hijo, *signor* Carrera, pero solo un rato. Su médico vendrá a hacerle unas pruebas dentro de media hora.

Dejó las notas que había tomado en una tablilla que había a los pies de la cama y salió de la habitación, cerrando la puerta tras de ella sin hacer ruido.

Alberto miró inmediatamente a Lily, que se había quedado a un lado. Si se dio cuenta de que estaba ligeramente incómoda por la situación, no lo hizo ver.

–Ven, siéntate cerca de mí –la invitó en tono cariñoso–. No esperaba tu visita, pero me alegro mucho de verte.

–Bastian me ha pedido que viniera, espero que no le importe. Estaba preocupada...

Él tomó su mano y sonrió.

–Dice el médico que estoy mucho mejor de lo esperado. Ahora lo único que quiero es volver a casa, con mis seres queridos.

–Su hijo quiere lo mismo, *signor*... que se ponga bien y vuelva a casa cuanto antes.

Lily miró tímidamente a su casero, que se había sentado al borde de la cama de su padre, y este le sonrió.

–Quiero que vuelvas a casa –confirmó Bastian, mirando a su padre–, y, además, tengo buenas noticias que darte.

–¿Sí?

A Lily se le aceleró el corazón al anticipar lo que Bastian iba a anunciar. No habían hablado de contarle la noticia a Alberto y hacerlo significaría que ella había accedido a seguir el plan de Bastian, que ya no habría marcha atrás...

–Lily y yo vamos a casarnos.

Por un instante, Alberto palideció, pero enseguida se recuperó y empezó a sonreír.

–¿En serio? ¿Y cuándo ha ocurrido?

–Nada más conocernos.

–¡Es una noticia maravillosa! Hasta noto cómo se está curando mi débil corazón.

Alberto se llevó la mano de Lily a los labios y le dio un beso, después volvió a dejarla sobre la cama, a su lado.

–Nos gustamos nada más vernos –le explicó Bastian–. Y nuestros sentimientos han ido creciendo con cada encuentro.

Su tono de voz era firme, como si no albergase la menor de las dudas.

–Enseguida se convirtió en algo más profundo y hemos decidido que queremos compartir nuestras vidas.

Lily sintió un inesperado calor en el pecho y deseó que las palabras de Bastian fuesen verdad, que realmente fuesen a casarse porque se habían enamorado y no pudiesen soportar la idea de vivir el uno sin el otro.

–No puedo creer que mi mayor deseo por fin se vaya a hacer realidad –comentó Alberto, apretándole ligeramente la mano a Lily–. Confieso que había empezado a pensar que ibas a quedarte soltero toda la vida, Bastian. Sé que haber crecido sin tu madre ha sido difícil para ti. Si ella hubiese vi-

vido, habrías tenido un ejemplo maravilloso de lo que es amar a una mujer.

Alberto suspiró antes de continuar.

—No obstante, Dolores siempre decía que acabarías por conocer a la mujer adecuada, que Dios se ocuparía de ello... y Lily ha llegado a tu vida. No debí tener tantas dudas.

—Bueno, no te emociones más de la cuenta. No quiero que te suba la tensión y que tengas que quedarte más tiempo en el hospital.

—No te preocupes, hijo. Ahora que tengo un motivo maravilloso para vivir, te garantizo que voy a hacerlo, pero, dime, ¿por qué habéis decidido casaros tan pronto?

Lily contuvo la respiración mientras esperaba a oír la respuesta de Bastian.

—Vamos a tener un hijo —admitió este en voz baja, pasándose una mano por el pelo y sonriendo de medio lado—. Lily está embarazada.

Le resultó difícil despedirse de su padre, sabiendo que su recuperación no había hecho más que empezar después de aquel segundo infarto y que nadie podía garantizarles que fuese a recuperarse por completo.

Alberto se había alegrado mucho de la noticia del bebé y de su compromiso. Siempre le había gustado Lily. Así que Bastian tenía que ponerse a organizar una boda que estuviese al nivel del estatus de su familia, pero que no abrumase demasiado a Lily.

Por mucho que desease conocerla mejor, esta seguía siendo un misterio para él. Sin embargo, Bastian no podía negar que cada vez sentía algo más fuerte por ella y aquello lo asustaba.

A pesar de sus miedos, a la mañana siguiente llevó a Lily a su casa de las montañas. Hacía calor y corría una ligera brisa mientras el coche subía por la empinada carretera que llevaba hasta la vista panorámica que tanto le gustaba. Había puesto a la casa el nombre de Buona Stella, buena estrella, cuando, después de varios años de duro trabajo, por fin había empezado a dejar huella en el negocio familiar. Le gustaba tanto aquel lugar como la casa de su padre.

El aire olía a hierbas aromáticas y a especias, a plantas y flores autóctonas del país del que tan orgulloso estaba. Había incluso un camino sinuoso que llevaba a un olivar, pero, además, la casa era preciosa y formaba parte del paisaje como si siempre hubiese estado allí.

Bastian no había reparado en gastos y la había hecho construir en piedra y mármol, con un interior muy moderno, dos salones equipados con la última tecnología y una sala de cine. Había incluso una biblioteca porque los libros siempre habían sido una de sus pasiones.

Pero su prometida iba inusualmente callada mientras lo seguía de habitación en habitación y aquello lo inquietaba. Bastian quería saber en qué estaba pensando.

—Vamos a hacer un descanso.

La llevó hasta la puerta de la cocina y estudió su bonito rostro, que nunca se cansaba de mirar, sonriendo.

—Dime algo. Me gustaría saber qué estás pensando.

—¿Sobre la casa?

Él arqueó una ceja.

—Sí. ¿Serás feliz aquí cuando nos casemos?

Ella se ruborizó inmediatamente.

—Estoy segura de que a cualquier mujer le encantaría vivir en un lugar así.

—Entonces, ¿por qué tengo la sensación de que a ti no te gusta la idea?

—No sé por qué piensas eso —respondió Lily, cruzándose de brazos.

—Tal vez lo que me preocupa es que todavía no confías en mí, Lily.

—La confianza se gana con el tiempo, ¿no? Solo somos... estamos empezando a conocernos.

—Eso es cierto. Necesito hacerte una pregunta con respecto a la boda. ¿Vas a invitar a tus padres? No los has mencionado en ningún momento.

Ella lo miró con sorpresa.

—¿A ti te importa que vengan o no?

—Lo cierto es que sí. Además, ¿qué padre no querría asistir a la boda de su hija?

—No todos los padres son tan cariñosos como el tuyo, Bastian. Mi padre abandonó a mi madre cuando yo tenía nueve años, aunque yo no me enteré hasta mucho después de que la había estado engañando constantemente. Por eso estaban discutiendo siempre. Un día, se levantó y se marchó. Supongo que se había cansado de tantas discusiones. Y después...

Se encogió de hombros y apartó la mirada, como si le doliese demasiado recordar.

—Después de aquello mi madre continuó con su vida como pudo. Cuidó de mí, pero nunca expresó demasiada alegría por nada. Supongo que las infidelidades de mi padre la habían dejado marcada. Cuando yo tenía dieciocho años conoció a un hombre que estaba en Londres de manera temporal, era un ingeniero de Edimburgo. Cuando su contrato en Londres terminó, se volvió a Escocia y mi madre se marchó con él. Así que, bueno, la verdad es que no tengo mucha relación con mis padres. Hace un par de años, cuando les conté que iba a casarme con un corredor de bolsa, lo único que dijo mi madre es que al menos podría cuidar de mí. Supongo que se alegró de saber que ya no tenía que hacerlo ella. ¿Responde eso a tu pregunta de si quiero que vengan a la boda o no?

Bastian sintió que se había metido en un nido de abejas y respondió:

—Yo no soy como tu padre, Lily. Yo jamás engañaría a la mujer de mi vida.

—Espero que sea verdad. No me gustaría pasar por lo que pasó mi madre.

–¿Dices que tu padre os dejó cuando tenías nueve años? ¿No fue entonces cuando fuiste a aquel viaje del colegio y no podías dormir?

–¿Y?

–Que pienso que la marcha de tu padre te afectó mucho más de lo que quieres admitir, ¿verdad?

Ella asintió en silencio y una lágrima corrió por su mejilla. De repente, se puso a llorar.

Bastian no soportó verla triste, la abrazó con fuerza y enterró los dedos en su pelo.

Le dio un beso en la cabeza como si fuese una niña y le murmuró en tono cariñoso:

–Todo va a ir bien, *tesorino*. Es normal que llores y expreses tu dolor. Es mejor eso que quedárselo dentro. Yo diría que tus padres estaban demasiado absortos en sus propios problemas como para darte el apoyo que necesitabas, pero eso puede cambiar, ¿sabes?

Ella suspiró, se apartó el pelo de la cara y lo miró.

–¿Eso piensas? –preguntó con voz quebrada–. Si en realidad ni me conocen. Y no estoy segura de querer que cambie.

Bastian le acarició la mejilla.

–Dudo que eso sea verdad. No es posible que un padre y una madre no quieran a una hija tan bonita y talentosa como tú, Lily. Deberías hablar con ellos y contarles que vas a casarte y a tener un hijo.

–¿De verdad piensas eso?

Seguía habiendo cautela en su voz.

–Por supuesto. Tienes que empezar a confiar en ti misma y a tomar tus propias decisiones.

—Tienes razón —respondió Lily—. ¿Quieres enseñarme el resto de la casa?

—Por supuesto.

Bastian le hizo un gesto para que echase a andar delante de él y la siguió mientras deseaba derribar aquel muro que Lily había construido a su alrededor para poder ver a la mujer que había detrás.

—Bastian, ¡la cocina es maravillosa! —exclamó Lily, sorprendiéndolo—. Estoy segura de que a tu madre le habría encantado cocinar en un lugar así.

El comentario le gustó. Alberto siempre había dicho que a su esposa le había encantado cocinar.

Sin dudarlo, abrazó a Lily y le dio un beso.

—¿Y eso? —preguntó ella, sonriendo.

—Pensé mucho en mi madre mientras diseñaba la cocina. Yo no llegué a conocerla, pero en ocasiones tengo la sensación de que puedo sentir su presencia... Me gusta pensar que me guía.

—Bueno... —le dijo ella, pasando una mano por su camisa—. Lo que es seguro es que se habría sentido muy orgullosa de su hijo.

Él suspiró y se pasó una mano por el pelo.

—Si sigues diciéndome ese tipo de cosas no vamos a conseguir hablar de la organización de la boda.

—¿Por qué no?

—Porque si dejo que las cosas sigan su rumbo vamos a entretenernos con algo mucho más placentero y nos vamos a olvidar de todo lo demás.

Capítulo 7

AL FINAL hablaron de la boda, aunque cada vez que Lily clavaba la mirada en los seductores ojos marrones de Bastian y veía deseo en ella, le resultaba casi imposible contener la atracción que sentía por él.

Si había pensado que el embarazo le reprimiría el deseo sexual, se había equivocado por completo.

Y por si la perspectiva de la boda no le resultaba suficiente reto, Bastian le había anunciado que al día siguiente irían a visitar al joyero de la familia para encargar las alianzas.

¿El joyero de la familia? Aquello hizo que Lily volviese a recordar que la familia Carrera era muy rica e importante y que se preguntase qué pensarían los amigos y conocidos de Bastian de que se casase con alguien tan insignificante como ella.

Cuando volvieron a su casa estaba agotada después de tantas emociones fuertes. Iban a casarse en una iglesia muy antigua que la familia Carrera había visitado durante siglos, que ella tendría que atravesar mientras los invitados la observaban y sospechaban, o sabían, que estaba embarazada.

La idea la preocupaba, pero tendría que apartarla de su mente si quería poder concentrarse en seguir dibujando.

Abrió la puerta de su casa y su futuro marido la agarró del brazo.

—Veo que sigues intranquila —comentó, frunciendo el ceño—. Sé que están pasando muchas cosas, pero me gustaría que recordases que estoy haciendo todo esto por ti y por el bebé.

—¿Y tú, Bastian? —le preguntó—. ¿De verdad quieres casarte con una mujer a la que casi no conoces solo porque la has dejado embarazada?

La pregunta lo enfadó.

—¿Es que no me escuchas? Ya te he dicho que no soy de los que eluden las responsabilidades. Me voy a casar contigo y voy a cuidar de ese bebé porque quiero hacerlo. No me está obligando nadie.

Lily se estremeció. Deseó que Bastian hubiese dicho que iba a casarse con ella porque la quería, no porque era su obligación.

No obstante, supo que, si no quería sufrir, lo mejor era no engañarse.

—Te he oído y te estoy muy agradecida. De verdad.

—No quiero que estés agradecida, quiero...

—¿El qué?

—Da igual, no importa. Ahora tengo que marcharme al trabajo. Tengo una reunión esta tarde.

—No pasa nada, yo no necesito que te quedes aquí —le aseguró ella—. Ya hemos hablado lo más importante, ¿no?

–Supongo que sí.

–Si necesitas que me acerque al hospital a ver cómo está tu padre, llámame.

–De eso nada, pareces agotada. Hoy ha sido un día muy intenso y supongo que también quieres ponerte a trabajar un rato, ¿no?

Alargó la mano y le acarició la mejilla y a Lily se le volvió a acelerar el corazón. Habría dado cualquier cosa por poder pasar un rato con él a solas.

Entonces Bastian se apartó.

–Nos veremos mañana a mediodía. Te recogeré para ir a la joyería. Descansa esta noche. *Arrivederci*.

Ella suspiró y lo vio alejarse entre las flores que había plantado como símbolo de un nuevo comienzo con su bebé. No sabía por qué, pero no le había contado a Bastian el motivo por el que las había plantado.

Este ni las miró. Se subió al coche y se marchó...

Tenía ojeras porque había pasado otra noche más sin dormir. Había intentado tomarse un café para espabilar, pero solo el olor la había hecho ir al baño a vomitar.

Recordó el motivo por el que no había dormido y se dijo que tenía que enfrentarse cuanto antes a él. Así que llamó a Bastian.

A este no iba a gustarle lo que tenía que decirle, pero había sido él quien la había animado a confiar

más en sí misma y a tomar sus propias decisiones.
E iba a hacerlo.

–Lily... ¿A qué debo semejante honor? –la saludó él, alegrándose de oír su voz.

Ella respiró hondo.

–Necesito hablar contigo.

–¿Estás bien?

–Sí.

–Entonces, ¿de qué quieres hablarme?

–Yo... quería hablarte de la boda...

–Ya lo hablamos ayer.

–Sí, pero...

El tono de voz de Lily lo alarmó y Bastian se
puso tenso.

–¿Qué ocurre?

–Que he cambiado de idea acerca de algo.

–¿Qué quieres decir? –inquirió él–. ¿No habrás
cambiado de idea acerca de casarte?

Lily tardó demasiado tiempo en responder y
Bastian sintió miedo e impaciencia.

–Por Dios santo, Lily, ¿se puede saber a qué estás jugando?

Ella suspiró y Bastian sintió que la tenía al lado.
Si cerraba los ojos podía sentir su seductor cuerpo...

–Sigo queriendo casarme contigo, Bastian, por
supuesto que sí –le explicó ella–. Lo que no quiero
es hacerlo en una iglesia tan antigua, vestida de
novia y llevando en el dedo un anillo muy caro que
seguro que voy a perder.

Tomó aire antes de continuar.

–No me gusta todo eso. Estaría mucho más contenta si pudiésemos casarnos en un jardín, o en el campo, y después comer en un restaurante de la zona. Eso es lo que me gustaría para nuestra boda.

Bastian, que había estado yendo y viniendo por el salón, se sentó en una silla y clavó la vista en la mesa de madera.

–¿Pero qué te pasa? –le preguntó a Lily–. Te he ofrecido la clase de boda con la que habría soñado cualquier mujer y tú me dices que no es lo que quieres, que en vez de celebrar nuestra unión en una iglesia, rodeados de nuestra familia y nuestros amigos, prefieres hacer algo pequeño.

Ella tardó en responder.

–Es que tal vez la iglesia y los invitados sean importantes para ti, Bastian, pero para mí no significan nada. Aunque, por supuesto, sé valorar la belleza y la elegancia. Y agradezco mi buena suerte. De hecho, me siento muy agradecida de que el padre de mi hijo quiera casarse conmigo. Pero no quiero ser una hipócrita y no voy a fingir que me gusta ese tipo de boda.

Bastian tenía el corazón acelerado. La última vez que se había sentido tan molesto con una mujer había sido cuando había descubierto a su ex, Marissa, en la cama con un rival de los negocios.

Pero Lily no lo estaba engañando, solo estaba expresando sus preferencias acerca de dónde y cómo casarse. No obstante, en esos momentos sus emociones no le permitían razonar, se sentía menospreciado.

–¿Te parece que es una hipocresía aceptar lo que yo pretendía regalarte, una boda que ibas a recordar siempre?

–Oh, Bastian...

Lily sollozó y colgó el teléfono.

Bastian la llamó muchas veces, pero Lily no respondió. Al final, casi enloquecido por la preocupación, se subió a su coche y fue a su casa.

El pequeño coche naranja de Lily no estaba aparcado en la puerta.

A pesar de saber que no serviría de nada, Bastian llamó al timbre una y otra vez.

Después juró entre dientes y se preguntó adónde habría ido. Le había colgado el teléfono disgustada y debía de haberse subido al coche sin saber adónde ir, demasiado afligida como para pensar con claridad.

Al final, Bastian decidió llamar a la joyería y anular su cita. Después fue al pueblo más cercano a ver si encontraba a Lily en alguna de las tiendas o cafeterías.

Agotada después de haber subido y bajado por las empinadas cuestas del pintoresco pueblo, Lily encontró una cafetería y entró. Pidió una manzanilla y se sentó junto a la ventana a ver cómo pasaban por delante turistas mezclados con locales.

En ocasiones le gustaba sentirse extraña en un pueblo que no era el suyo, disfrutaba del anonimato.

Pero no podía dejar de pensar en Bastian y en lo último que le había dicho: que había querido regalarle una boda que pudiese recordar. Después de aquello, su petición de una boda mucho más sencilla la avergonzaba.

Bastian había hecho mucho por ella y no se lo había agradecido, sino todo lo contrario. Se preguntó cómo podía arreglar aquello. No había contestado a sus llamadas porque cualquier cosa que le hubiese dicho habría sido inadecuada. Necesitaba más tiempo para decidir qué iba a hacer.

Entonces se le ocurrió llamar a su madre. Hacía mucho tiempo que no hablaba con ella y tal vez aquel fuese el momento adecuado. Lily necesitaba oír la voz de alguien que, en un cierto momento, la había conocido mejor que nadie. Además, Jane Alexander tenía mucha experiencia en lo que a relaciones se refería.

Cuando terminó la llamada, Lily sintió que había hecho lo correcto. Su madre se había alegrado mucho de tener noticias suyas y le había preguntado por qué no le había contado que había cambiado de número de teléfono.

La última vez que habían hablado había sido antes de que Lily se casara con Marc, le había recordado Jane, y la falta de noticias la había preocupado mucho.

Cuando Lily le había contado que se había divorciado, su madre se había quedado en silencio un instante. Entonces Lily le había contado el motivo, que Marc era homosexual.

—¿Y por qué no te lo dijo desde el principio? ¿Por qué fingió que te quería? —le había preguntado su madre.

—Me quería... pero como amiga. En realidad, yo ya había sospechado que no se sentía atraído por mí, pero no fui lo suficientemente valiente como para preguntárselo. Y sí, tenía que haberme dicho la verdad antes de que nos casáramos, pero me dijo que le preocupaba perderme. No teníamos que habernos casado, eso es evidente.

—Espero que te haya compensado económicamente por ello, Lily —comentó su madre.

—Me ofreció una pensión, sí, pero no la acepté. Sí acepté una ayuda para empezar una nueva vida en Italia. Por suerte, he continuado teniendo trabajo.

—¿En Italia?

—No te preocupes, mamá. Soy muy feliz aquí. Vivo en una región preciosa, los Abruzos, cerca del mar.

—Eres una caja de sorpresas, Lily, no sabía que fueses tan aventurera. Lo cierto es que tenía que haberme esforzado por conocerte mejor, cariño.

Lily podía haberle contestado muchas cosas acerca de aquello, pero su madre parecía dispuesta a curar las heridas del pasado y ella prefirió no poner las cosas peor.

–Hay algo más que quería contarte, mamá...

Y entonces le había contado que había conocido a alguien en Italia y que se iba a casar. Y que estaba embarazada.

Había terminado la llamada explicándole a su madre que iba a casarse en una iglesia preciosa, muy antigua, y que quería invitarla a ella y a su padre.

–Me encantará acompañarte, cariño –le había dicho Jane inmediatamente–. Sé que tengo mucho terreno por recuperar, pero quiero hacerlo. Espero que ese hombre sepa lo afortunado que es de haberte encontrado. Eres una chica maravillosa, Lily y, después de todo lo que has pasado, solo te mereces lo mejor.

–Gracias, mamá. Es cierto que Marc me hizo daño y que pensé que la culpa de todo era mía...

–Tú no eres responsable de cómo se comporten los demás, y eso nos incluye a tu padre y a mí. ¿Sigues haciendo esas maravillosas ilustraciones? Por cierto, que tu padre y yo hemos vuelto a hablar y... estoy segura de que él también querrá ir a la boda, si tú quieres que vaya.

Las últimas palabras de su madre antes de colgar habían sido:

–Te quiero mucho, cariño, siempre te he querido. Sé que no te di la niñez que te merecías, pero estaba tan dolida por el comportamiento de tu padre que solo era capaz de pensar en mis problemas y me olvidé de lo que realmente era importante... mi hija. Espero que me des la oportunidad de compensarte por ello.

–Lo haré. Yo también te quiero, mamá.

Sintiéndose como si acabase de quitarse un enorme peso de encima, se pidió otra manzanilla y comprobó si tenía más llamadas de Bastian. Estaba buscando su número cuando entró un cliente nuevo al que la camarera saludó muy efusivamente.

Iba vestido con pantalones vaqueros y camisa blanca y su aspecto era, como siempre, imponente. Después de hablar brevemente con la chica que había detrás de la barra, recorrió el local con la mirada.

No tardó en encontrar a Lily. Sus miradas se cruzaron y a ella se le aceleró el corazón y, a pesar de querer sonreír, no fue capaz. Sabía que había decepcionado a Bastian y estaba disgustada.

El resto de clientes sí que le sonrieron y lo saludaron profusamente. El efecto de Bastian en la gente era hipnotizante.

Inconscientemente, Lily se llevó la mano al vientre. Iba a tener un hijo suyo.

El saludo de este no fue el que habría deseado. Se detuvo delante de ella y, mirándola fijamente, susurró:

–¿Se puede saber por qué no has respondido a mis llamadas?

Y Lily se preguntó si la perdonaría alguna vez por aquello.

–No vuelvas a hacerme algo parecido. Si no llego a encontrarte, no sé qué habría hecho.

Su tono era apasionado y Lily intuyó que se sentía más decepcionado que enfadado. Lamentó haberlo preocupado tanto y se inclinó hacia adelante para agarrarle la mano.

—No quería que pensases que me había marchado. Es solo... que no sabía qué decirte.

Él apretó la mandíbula con fuerza y después añadió:

—Vámonos de aquí. A mi casa. Al menos allí sabré que estás bien.

—No he estado en peligro en ningún momento. Solo necesitaba pensar... darme un paseo y tomar el aire.

—Pues pareces agotada y eso no puede ser bueno ni para ti ni para el bebé.

Por miedo a decir algo equivocado, Lily se quedó en silencio. Permitió que el carismático italiano la ayudase a ponerse de pie y decidió que ya le contaría más tarde que había decidido casarse en la iglesia y que había invitado a sus padres.

Solo esperaba que él siguiese queriendo hacerlo y que no pensase que era una ingrata por haberle dicho que quería algo diferente. Ojalá no hubiese cambiado de opinión...

Capítulo 8

BASTIAN se dio cuenta de que estaba tratando a Lily como si fuese de cristal y pudiese romperse en cualquier momento. Aunque su intención era buena, su actitud sobreprotectora los estaba distanciando.

No habían vuelto a lanzarse el uno en los brazos del otro ni habían vuelto a hacer el amor apasionadamente desde el día que la había encontrado en la cafetería y la había visto tan frágil y cansada, y también había estado nerviosa y preocupada por su reacción.

Y Bastian odiaba que Lily se sintiese así. Se preguntó cómo habría sido realmente su relación con su ex. ¿La habría engañado Marc? ¿Había sido ese el motivo del divorcio? ¿Tenía Lily miedo de que él se comportase igual que Marc?

Bastian sintió un escalofrío. El recuerdo de lo que Marissa le había hecho le había creado la necesidad de no volver a entregar su corazón, pero Lily lo estaba poniendo a prueba.

Por miedo a que los últimos acontecimientos hubiesen pasado factura a Lily, nada más llegar a casa decidió pedir cita con un ginecólogo privado. No tuvieron que esperar mucho, un par de días después, el nuevo médico les aseguró que todo iba según lo previsto.

No obstante, también aconsejó a Lily que se estresase lo menos posible y que descansase durante el día. También necesitaba ganar algo de peso.

Bastian la había mirado con preocupación al oír aquello, pero Lily le había sonreído y le había prometido, en tono de broma, que iba a comer más pizza y más pasta.

Al día siguiente, Bastian había supervisado la vuelta de su padre a casa, donde iba a estar al cuidado de Dolores.

Alberto había recibido el alta porque estaba mejor, tal vez animado por la noticia de que su hijo iba a casarse con Lily. De hecho, el equipo médico se había sorprendido de la rapidez de su recuperación y el pronóstico era muy bueno si respetaba los consejos relacionados con el ejercicio y la alimentación.

Bastian pensó que, al menos, se había quitado un peso de encima.

Por otra parte, Lily había insistido en seguir en su casa hasta la boda, aunque Bastian le había advertido que no aceptaría ni un euro del alquiler, al fin y al cabo, iban a casarse.

Pero, cuando estaban a solas, Bastian tenía miedo de sacar el tema de la boda y que eso la apartase todavía más de él.

Y, no obstante, seguía enfadado con ella porque no comprendía que Lily no hubiese respondido al teléfono el día que habían discutido acerca de la ceremonia.

Varios días después, Lily entró en la cocina mientras él preparaba la comida para los dos. Podía haber contratado a alguien para que lo hiciera, pero le gustaba ir a casa de Lily y cocinar para asegurarse de que esta comía bien.

—¿Puedo hablar contigo? —le preguntó en tono más serio del habitual.

Bastian, que estaba delante de la encimera, cortando pimientos, se puso tenso antes de girarse hacia ella. Iba vestida con unos pantalones vaqueros anchos y un jersey amarillo claro, pero estaba igual de sexy que siempre. De hecho, Bastian sintió deseo nada más verla.

—¿Qué ocurre?

Lily se tocó el pelo. Tenía los ojos verdes muy brillantes y Bastian supo que, si miraba en ellos fijamente, se perdería.

—He decidido que sí que quiero casarme en tu iglesia —anunció Lily.

Él espiró aliviado.

—¿Qué te ha hecho cambiar de opinión?

—Me he dado cuenta de que estaba siendo egoísta al no querer casarme allí. Has hecho mucho por mí y esa iglesia es importante para ti. He aprendido que aquí la familia y las tradiciones son muy importantes.

—Así es.

—Y, además, he aceptado tu consejo y he pedido a mis padres que vengan. Mi madre ha dicho que van a venir. De hecho, ha vuelto a hablar con mi padre y están intentando dejar atrás el pasado. Bueno, eso es todo lo que te quería decir.

Se encogió de hombros como si la decisión careciese de importancia, pero Bastian no iba a dejarla marchar tan fácilmente.

La agarró de los brazos y la atrajo hacia él

—¿De verdad quieres que continuemos con el plan original o lo dices solo para apaciguarme?

—¿Por qué iba a querer apaciguarte? No, es lo que quiero. ¿Te importa si lo dejamos así y vuelvo al trabajo?

—¿Y significa esta sorprendente decisión que a partir de ahora vas a ser un poco más cariñosa conmigo, que no vas a comportarte como si fuésemos enemigos en vez de amantes?

Ella dio un grito ahogado.

—Nunca he pensado que fueses mi enemigo, Bastian. ¿Cómo has podido decir eso? ¿No será así como me ves tú a mí?

—Por supuesto que no.

Bastian deseó poder demostrarle cómo la veía, en vez de decírselo con palabras, pero supo que no podía hacerlo. Por primera vez en su relación, se prometió a sí mismo que no permitiría que el deseo se interpusiese en su adecuada comunicación.

La soltó y retrocedió.

–Me gustaría hacerte una pregunta. ¿Por qué colgaste tan bruscamente el teléfono el día que estábamos discutiendo acerca de la boda? ¿Dije algo que te molestó?

–Sí... bueno, no...

Lily se agarró las manos con nerviosismo y se mordió el labio inferior.

–Me sorprendió que dijeras que querías que la boda fuese como un regalo para mí, para que siempre la recordase... No esperaba oír algo así, en especial, sabiendo que nuestra relación no ha sido precisamente tradicional.

–¿Te refieres a que ha surgido de un deseo irreprimible en vez de un idilio de cuento de hadas?

–Sí, supongo que sí...

–¿Piensas que tengo una peor opinión de ti porque no nos hemos conocido bien antes?

Lily se ruborizó.

–Yo no he dicho eso. Cualquier mujer se habría sentido conmovida por tu declaración. Es solo que no me la esperaba. Colgué el teléfono porque necesitaba tiempo para pensar, nada más. Y, después de hacerlo, me di cuenta de que yo también quería que nos casásemos en la iglesia. Que tus antepasados lo hicieran me resulta motivador y entiendo que tú también quieras hacerlo, es natural. En cualquier caso, de repente me he dado cuenta de que es lo correcto.

Bastian se frotó la mandíbula, se alegraba de que Lily hubiese reconsiderado su decisión y de que su comentario la hubiese conmovido. Además, le emocionaba que se hubiese atrevido a retomar la relación con sus padres y que los hubiese invitado a la boda.

Bastian no tenía la menor duda de que casarse con ella era lo correcto, estuviese embarazada o no. No solo era guapa y tenía talento, sino que, además, era muy sensible. Y que se hubiese dado cuenta de que él tenía determinados valores, y que los respetase, también era muy importante.

—Me alegro de que lo sientas así –le dijo–. ¿Qué te parece si empezamos a llevarnos un poco mejor?

—Por supuesto. Es importante para el niño que sienta que su madre está feliz, ¿no? Así que no nos conviene estar tensos el uno con el otro.

—¿Cómo sabes que va a ser un niño?

—¿Yo he dicho eso?

—Sí.

Lily se sonrojó.

—Era solo una manera de hablar. Podría ser una niña.

—¿Tú tienes alguna preferencia?

—No. Solo quiero que nazca sano.

—No es necesario que diga que lo mismo opino yo. Ahora, ¿qué tal si sellamos la tregua con un beso?

Lily lo sorprendió tomando la iniciativa y acercando los labios a los suyos.

Bastian sonrió.

—Te falta práctica, *l'affeto mio amore*. Deja que te recuerde lo que es un beso de verdad...

La besó como si llevase demasiado tiempo sin hacerlo y nada más probarla recordó lo que había estado perdiéndose. El deseo lo invadió por completo y deseó acariciar todo su cuerpo y perderse en él sabiendo que era la mujer a la que tanto tiempo había estado esperando, una mujer generosa y buena, que no dudaba en responder a su atracción a pesar de haberse sentido dolida y decepcionada en el pasado, una mujer a la que le importaban las cosas esenciales de la vida, como eran un hogar y una familia.

Allí, en medio de la cocina, las manos de Bastian la acariciaron y ella dejó que su cuerpo se apoyase en el de él. Bastian le acarició los pechos y la besó en el cuello.

Iba a quitarle el jersey, pero Lily le agarró la mano para impedírselo.

—¿Qué ocurre? ¿No quieres? —le preguntó él sorprendido.

—Sabes que sí, que te deseo a todas horas. Ese es el problema, que cuando te deseo no puedo pensar en nada más y eso no siempre es bueno. Estoy intentando acabar mi libro para poder mandarlo a la editorial, el libro que tú me dijiste que debía escribir, y tú tienes que terminar de hacer la comida y volver al trabajo. A veces, tenemos que ser sensatos, Bastian.

Él estaba de acuerdo, pero estaba tan desesperado por tenerla que no supo cómo iba a tranquilizarse.

Lily tenía razón.

Para ella era importante terminar el libro y él tenía que terminar de hacer la comida y marcharse a trabajar. Su equipo estaba ocupándose de preparar el terreno para los olivos y él debía supervisar todo el proceso y echar una mano si era necesario. No obstante, no pudo evitar protestar.

—¿Por qué tienes que tentarme tanto? —preguntó—. ¡Solo el olor de tu cuerpo ya me vuelve loco!

Lily respondió zafándose de él y corriendo hacia la puerta para marcharse al salón.

—Confía en mí. Me darás las gracias por haberlo parado y estoy segura de que podemos retomarlo más tarde, ya sea esta tarde o mañana, así tendrás algo que anhelar.

Su sonrisa era la más sensual que Bastian había visto en toda su vida y, muy a su pesar, no pudo evitar devolvérsela.

Estaban esperando en la lujosa joyería y Lily había tenido un hormigueo en el estómago desde que habían llegado.

Los habían hecho sentarse en un mullido sillón morado, en la sala de espera, y, al verla tan callada, Bastian le preguntó:

—¿Qué te pasa? ¿Estás nerviosa?

—Por supuesto que estoy nerviosa. Una no entra todos los días en una joyería así a elegir un anillo de compromiso y una alianza. Al menos, en mi mundo.

Él la miró a los ojos y tomó su mano.

–Este es ahora tu mundo, Lily, y quiero que disfrutes de la experiencia.

Ella esbozó una sonrisa.

–Lo intentaré. De hecho, siento que estando a tu lado soy capaz de cualquier cosa.

Aquella confesión lo agradó y Bastian se sintió aturdido, desorientado, y deseó decir unas palabras que había prometido no volver a decir jamás.

Por suerte, se recordó a sí mismo que aquel iba a ser un matrimonio de conveniencia y contuvo el impulso.

–Bastian, discúlpame por haberte hecho esperar.

Lily levantó la vista y vio entrar en la habitación a un hombre de unos cuarenta años. Gianni de Luca, amigo y joyero de la familia, que iba vestido de manera impecable con un traje de tres piezas gris y una corbata de seda granate.

Bastian se levantó a saludarlo y el otro hombre le dio un abrazo.

–Me alegro de verte, amigo –le dijo Gianni–. Ha pasado demasiado tiempo.

–Sí, siento haber cancelado la cita la última vez, pero ahora estamos aquí.

–Sí.

Lily también se había puesto en pie y esperaba en silencio al lado de Bastian a que este realizase las presentaciones. Se había puesto una americana azul marino, camisa de seda rosa y pantalones de lino blancos. Los zapatos planos también eran azules. Como de costumbre, se había maquillado poco, pero se había alisado el pelo para la ocasión y se había peinado con raya al lado.

A Bastian se le aceleró el corazón solo de mirarla, orgulloso. Lily era elegante por naturaleza, era algo innato en ella.

La agarró por la cintura y dijo:

—Gianni, te presento a mi prometida. Esta es Lily, Lily Alexander.

—Encantado de conocerte —la saludó este—. *La tua bellezza e squisito*, tu belleza es exquisita. ¿Cómo es que mi amigo te ha mantenido tanto tiempo en secreto?

—Más que esconderme, ha tardado en decidirse, diría yo.

Ambos hombres se echaron a reír.

—Como puedes ver, estoy muy ocupado —comentó Bastian.

—Ojalá tuviese yo la misma suerte —dijo el joyero—. Ahora, vamos a lo importante. Me gustaría saber qué es lo que deseas de todo corazón. No puedo dejar volar mi creatividad hasta que no sepa qué es lo que quieres.

—Gianni nunca decepciona —añadió Bastian—. Hará los anillos que tengas en mente y, lo que es más importante, serán anillos que siempre llevarás en el corazón.

Lily se sonrojó como si Bastian se hubiese dado cuenta de algo que, hasta entonces, había podido mantener oculto. Este se preguntó qué sería lo que la había incomodado. Lo único que sabía era que cada vez le fascinaba más la idea de conocerla y, con el tiempo, averiguar sus secretos más íntimos...

Las últimas horas habían pasado como si Lily estuviese en un fantástico sueño. Los dos italianos la habían tratado como si perteneciese a la realeza, como si hasta su comentario más irrelevante fuese importante.

Les habían ofrecido bebidas y tentempiés varios, pero ella los había rechazado amablemente. Cuando estaba nerviosa siempre le afectaba al estómago, aunque después de haber hablado con Gianni acerca de los diferentes estilos que le gustaban se había dado cuenta de que estaba más emocionada que nerviosa. En especial, cuando se había enterado de que Bastian había pedido que el anillo de compromiso llevase un diamante tallado a mano.

Al oír aquello de labios de Gianni, había mirado inmediatamente a su prometido, que le había dedicado una de sus sensuales sonrisas y se había encogido de hombros.

Aquel mundo era muy distinto al suyo e iba a tener que acostumbrarse a él. Si a Bastian le gustaba que disfrutase con su regalo, lo haría. No podía volver a mostrarse desagradecida con él, como cuando había rechazado casarse en la iglesia.

También habían hablado del anillo de Bastian, que haría juego con el suyo y también sería de oro amarillo, pero, por supuesto, mucho más masculino.

Cuando terminaron Lily estaba completamente agotada. Se despidieron del joyero, cenaron en un restaurante con mucho encanto y volvieron a casa.

Lily no quería dormirse, pero mientras Bastian estaba en la cocina, preparándole un chocolate caliente, sintió que no podía aguantar más.

Aquel sofá era demasiado cómodo y ella estaba tan cansada que apoyó la cabeza en los cojines y se quedó profundamente dormida.

Cuando despertó Bastian la estaba llevando en brazos al piso de arriba.

–Ha sido un día muy largo –comentó este–. Creo que vamos a olvidarnos del chocolate esta noche.

–Sí... –murmuró ella, acurrucándose contra su pecho.

Cuando despertó a la mañana siguiente ya entraba el sol en la habitación y ella no recordaba nada.

Entonces se dio cuenta de que estaba desnuda bajo las sábanas.

Se sentó, tapándose con el edredón, e intentó pensar con claridad. ¿Cómo era posible que no se acordase de que Bastian la había desnudado?

¿Y dónde estaba él en esos momentos? ¿Habrían pasado la noche juntos?

Corrió al cuarto de baño y se lavó la cara con agua fría y los dientes. Mirándose al espejo, se preguntó si todas las mujeres tendrían aquel aspecto tan horrible por las mañanas, o si le ocurría solo a ella.

De repente, pensó que debía de ser cerca del mediodía y que Bastian debía de haber ido a supervisar el trabajo de los campos. ¿Qué pensaría de ella, de que se hubiese quedado en la cama hasta tan tarde?

Tomó su bata y se la puso.

Entonces oyó que llamaban a la puerta.

—¿Lily? ¿Estás despierta? —preguntó una voz que le resultaba muy familiar.

—Dame un minuto, por favor.

Corrió hacia la cajonera donde tenía la ropa interior.

Bastian ignoró lo que le había pedido y abrió la puerta.

—¿Para qué necesitas un minuto? —preguntó.

—Quería... vestirme.

—¿De verdad es necesario?

Su tono provocador no la ayudó. Además, él solo llevaba puestos unos pantalones vaqueros. El pecho desnudo revelaba un físico imponente, producto del trabajo de la tierra. Bastian no tenía ni un gramo de grasa en el cuerpo.

Lily lo estudió con la mirada y pensó que era difícil de creer que también fuese un hombre de negocios. Cualquier hombre habría dado lo que fuera por un cuerpo así, y cualquier mujer habría fantaseado con él, estaba convencida.

Bastian le dedicó una sonrisa capaz de derretir un glaciar y se pasó la mano por el pelo antes de dejarse caer en la cama.

—¿Por qué me has dejado dormir hasta tan tarde? —le preguntó ella, molesta—. Quería levantarme temprano. ¿Has pasado la noche aquí conmigo?

—¿Me estás diciendo que no te acuerdas? Ese sí que es un duro golpe para mi ego.

—¿Sí o no?

—¿Y todavía no estás segura, otro golpe más?

Lily sintió que le ardían las mejillas.

—No me tomes el pelo. Lo último que recuerdo es que me trajiste a la cama y me dijiste que me olvidase del chocolate caliente. Después de eso... no me acuerdo de nada.

—No te preocupes, cariño. Eres muy tentadora, pero yo soy un hombre de honor. Estuve hablando con mi padre por teléfono, quien, por cierto, te manda saludos, y realicé un par de llamadas importantes. Después, me fui a la habitación de invitados. Ahora solo venía a ver si necesitabas algo.

Lily se sintió mejor al saber que no habían mantenido relaciones íntimas que ella no recordase. Ya sabía que podía confiar en él.

—Siempre me estás preguntando si necesito algo —le contestó con voz ronca—. ¿Y tú, Bastian, qué necesitas?

Capítulo 9

A BASTIAN se le iluminó la mirada mientras pensaba la respuesta a la pregunta de Lily. Con la boca seca, contestó:

–Eso es sencillo. Me gustarían dos cosas. Para empezar, un masaje en la espalda. Y, para continuar, que me lo des sin esa bata puesta.

Ella tomó aire y lo expulsó lentamente.

–Pues acércate, a ver qué puedo hacer.

¿Cómo iba a rechazarlo, después de que ya lo había hecho la última vez? Además, necesitaba volver a tenerlo cerca, estar con él a solas, sin distracciones.

Bastian se sentó en la cama dándole la espalda, con los pies apoyados en el suelo. Estaba tenso incluso antes de que Lily se quitase la bata y empezase a tocarlo.

Lily no se desnudó nada más empezar, pero apoyó las manos en su piel y las fue moviendo lentamente, en círculos, con suavidad al principio y aumentando la presión poco a poco. Cuando empezó a masajear sus hombros, donde más tensión tenía, Bastian no se contuvo más y dejó escapar un gemido.

–Lo siento si te hago daño, pero me gustaría deshacer alguno de esos nudos –le explicó ella.

Bastian notó su aliento en la piel y, en vez de relajarse, se puso todavía más tenso.

–No te preocupes, lo soportaré, aunque supongo que hay que ser un poco masoquista para disfrutar de algo así.

El masaje de Lily le estaba proporcionando dolor y placer al mismo tiempo. La sangre le ardía en las venas y, como continuase así, iba a ser él quien le quitase la bata a Lily.

De repente, esta dejó de tocarlo. Bastian contuvo la respiración y oyó cómo se quitaba la bata de seda.

–Lo mínimo que puedo hacer es recompensarte por lo valiente que has sido.

A él se le aceleró el corazón. Se giró y vio a Lily arrodillada en la cama, completamente desnuda, dejándole ver el vientre suave y ligeramente redondeado, los pechos perfectos.

Bastian se sintió orgulloso de que fuese a tener un hijo suyo y aquello lo excitó todavía más.

Se acercó, apoyó las manos en sus caderas y la besó apasionadamente.

Al oírla gemir de placer, la tumbó en la cama y se colocó encima, haciéndola prisionera con sus fuertes piernas. Empezó a desabrocharse el cinturón para quitarse los pantalones vaqueros y, para su sorpresa, Lily lo ayudó.

Bastian clavó la mirada en sus cautivadores ojos verdes y le preguntó:

–¿Cómo lo haces? ¿Cómo es posible que enciendas el deseo en mí con tan solo una mirada?

–Cállate.

Lily sonrió mientras lo ayudaba a bajarse los pantalones, después tomó su erección con la mano y empezó a acariciarlo. Él no la hizo suya inmediatamente, esperó.

La besó en los labios como si quisiera devorarla y después le separó los muslos y acarició la parte más femenina de su cuerpo.

Lily gimió y echó la cabeza hacia atrás y Bastian supo que quería darle placer y llevarla al límite, que su propia satisfacción era secundaria.

Notó que Lily levantaba las caderas, como si tanto placer fuese imposible de soportar, y entonces la vio dejarse caer contra el colchón y respirar con dificultad. La expresión de su rostro era de estupefacción.

Unos segundos después, le dijo en un murmullo:

–Cuando has llamado a la puerta hace solo unos minutos no sabía que ibas a hacerme llegar al paraíso...

Él sonrió.

–Si lo hubieses sabido tal vez no me habrías abierto.

Antes de que a Lily le diese tiempo a responder, Bastian la besó en los labios y entonces la penetró. Con cuidado para no apoyarse en su vientre, empezó a moverse en su interior.

Le encantaba la expresión con la que Lily respondía a sus atenciones. Su gesto era de tranquilidad, pero le brillaban los ojos. Si Bastian hubiese tenido que describir su respuesta habría dicho que Lily confiaba en él, que se rendía a él.

Era la primera vez que sentía algo así. Cuando el placer alcanzo su cénit, consumiéndolo de satisfacción carnal, gimió y la abrazó con fuerza.

—Ahora he sido yo la que te he llevado al paraíso —comentó Lily con una sonrisa.

Bastian se tumbó a su lado en la cama y le acarició el pelo.

—Si fuese posible, no me marcharía jamás de este paraíso que he encontrado contigo, ángel mío.

Ella frunció ligeramente el ceño.

—Si no te conociese bien diría que eres un romántico empedernido. ¿Lo eres?

—Solo contigo.

—Bien... —suspiró Lily—. En ese caso todo va bien.

Aunque en realidad Lily sabía que las cosas no podrían ir del todo bien hasta que Bastian no le dijese que la amaba.

Nada más entrar en la bellísima iglesia del siglo XVI, Lily se sintió culpable.

Se sentó en un banco del final y se dijo que su hijo era fruto del amor, al menos, por su parte, y que aquello era lo único que importaba. No obstante, la visita hizo aflorar sus emociones.

Lo cierto era que, si bien Bastian siempre estaba

dispuesto a hacerle el amor, nunca le había dicho que la amaba. Ni siquiera el día que ella le había preguntado qué necesitaba y, después de darle un masaje, habían terminado haciendo el amor. A pesar de que había sido muy cariñoso, no le había dicho lo único que Lily quería escuchar.

Cualquiera que conociese su historia le habría preguntado que de qué se quejaba. Lily sabía que podía parecer que lo tenia todo. Al fin y al cabo, vivía en un lugar bonito, rodeada de una naturaleza maravillosa que la inspiraba y le permitía hacer un trabajo que le encantaba, e iba a tener un hijo del hombre más increíble que había conocido jamás.

Bastian y ella habían conectado desde el principio, cosa que solo debía de ocurrir a algunos afortunados, pero no tener su amor... Lily tenía la sensación de que le faltaba lo más esencial.

Se limpió los ojos y se guardó el pañuelo en el bolsillo, dispuesta a disfrutar de la impresionante arquitectura que la rodeaba. No tenía sentido compadecerse de sí misma, era mucho mejor centrarse en todo lo que iba bien.

Era la segunda vez que visitaba aquella iglesia y estaba fascinada con su belleza e historia, pero, sobre todo, con lo importante que aquel lugar era para Bastian.

Durante los últimos días se había dado cuenta de lo considerado que era este y de cuánto valoraba todo lo que tenía en la vida, no solo lo material. En su primera visita a la iglesia, le había dicho que pensaba que su hijo era un regalo increíble para ambos y que esperaba que ella sintiese lo mismo.

Y así era, aunque a Lily todavía le costaba creer que todo aquello fuese verdad. Estaba tan acostumbrada a la sensación de saber que todavía podía pasar algo malo, en especial, después de la boda con Marc, que casi daba por hecho que aquello también iba a torcerse.

Pero, en esos momentos, la tranquilidad y el silencio de la iglesia empezaron a tener un profundo efecto en ella y, casi por primera vez en la vida, Lily notó que se sentía realmente en paz.

Suspiró y se dijo que, tal vez, por fin todo iba a salir bien.

Lily había enviado su libro a la editorial y Kate Barrington, una de las editoras, le había dicho que aquello era precisamente lo que necesitaba el mercado.

—Una voz fresca y nueva que enseñe valiosas lecciones con un toque de diversión.

Lily se había quedado boquiabierta con sus comentarios y estaba feliz de que la editorial estuviese interesada en publicar su libro.

Al mismo tiempo, estaba embarazada de algo más de tres meses y ya se le había empezado a notar. También se había probado vestidos de novia, pero le daba miedo ponerse enorme y acabar malgastando el dinero.

–Contrataré a una costurera para que lo agrande lo que haga falta, cariño. Y por mucho peso que ganes, seguirás siendo siempre una mamá muy sexy –le había dicho Bastian en tono de broma para tranquilizarla.

Después la había tomado entre sus brazos y le había dicho en italiano lo mucho que la deseaba.

Pero en esos momentos Lily tenía otro dilema. Kate la había invitado a ir a Londres para hablar del libro y comer juntas.

–¿Por qué no te vienes un par de días y aprovechas también para ir de compras? –le había sugerido la otra mujer.

A ella no se le podía ocurrir un plan peor. No quería estar tres días enteros sin ver a Bastian ni lidiar con las emociones que, sin duda, sentiría al volver a la ciudad en la que las cosas le habían salido mal. No obstante, al final decidió hacer el viaje.

Era una buena oportunidad para hablar de su trabajo y averiguar qué le podía ofrecer la editorial. ¿Le pedirían que escribiese otro libro? Para Lily, aquello sería un sueño hecho realidad, lo que siempre había querido, escribir e ilustrar sus propias historias.

Aquella noche, después de cenar, decidió reunir el valor de hablarle de su viaje a Bastian.

Este aceptó la copa de vino que Lily le había ofrecido, la dejó en la mesita del café y le hizo un gesto para que se sentase a su lado en el sofá. Bastian estuvo en silencio unos segundos, pensativo.

—Tengo la sensación de que quieres contarme algo —dijo por fin.

A Lily no le sorprendió que se hubiese dado cuenta.

—Lo cierto es que sí. Uno de los editores de la editorial para la que hago ilustraciones me ha invitado a ir a Londres para hablar de mi libro.

—¿Quieres decir que están interesados en él?

—Sí... eso parece.

—¿Y cuándo te has enterado?

—Esta mañana.

—¿Por qué no me lo has contado antes? Podías haberme llamado por teléfono.

A Lily se le hizo un nudo en el estómago al oír decepción en las palabras de Bastian.

—Supongo que no te he dicho nada antes porque sabía que iba a tener que marcharme a Londres. Tendré que estar fuera unos tres días y no quería que te preocupases...

—¿Tengo algo de qué preocuparme? —le preguntó él, frunciendo el ceño.

—No.

—En ese caso, lo único que tengo que decir es que eres una mujer adulta, Lily, no una niña. Y pienso que deberías ir.

—Me alegro mucho de que lo veas así.

—Además, pretendo acompañarte.

—¿Sí? —preguntó ella, sorprendida. Aquello era lo último que había esperado oír.

–Por supuesto. Vas a ser la madre de mi hijo y quiero asegurarme de que estás bien.

A pesar de que Lily lo entendía, le dolió que la prioridad para Bastian fuese el bebé, que no le importase tanto ella...

–Estaré bien, por supuesto –le respondió–. ¿Se te ha olvidado que vivía y trabajaba en Londres antes de venir a Italia?

Bastian no se inmutó.

–No obstante, es una ciudad muy grande y nadie va a preocuparse por una mujer embarazada.

–¡No voy a ser la única mujer embarazada de Londres!

Él suspiró.

–¿Disfrutas siendo así de complicada?

Lily supo que no iba a poder ganar aquella batalla y que Bastian estaba empezando a perder la paciencia.

–No soy complicada. Solo quería asegurarte que voy a estar bien.

–Estupendo. Reservaré el vuelo y el hotel. ¿Cuándo es exactamente esa reunión?

A Bastian no le había gustado que Lily quisiese ir a Londres sola. Era la primera vez que sentía la necesidad de estar tan presente. No quería pasar tres días o más sin ella y la noticia de que tenía que ir a Londres le había hecho sentirse inseguro. En especial, porque sabía que el ex de Lily vivía allí.

¿Y si quedaba con él? ¿Y si seguía amándolo? ¿Por qué le había contado tan poco de sus anteriores relaciones? ¿Estaría intentando ocultarle algo?

Solo de pensarlo se le hizo un nudo en el estómago.

Intentó controlar sus emociones y se dijo a sí mismo que al menos iba a acompañarla, y que tenía que centrarse en los aspectos positivos del viaje.

El hecho de que la editorial estuviese interesada en el libro de Lily era maravilloso, pero, si recordaba bien, él ni siquiera la había felicitado. En algún momento tendría que demostrarle que estaba muy contento por ella.

Cuando Lily le había anunciado que tenía que ir a Londres, él solo había pensado en lo negativo, se había preocupado por ella y por el bebé, por su vulnerabilidad en una ciudad tan grande, donde todo el mundo iba con prisa, sin pensar en los demás.

No sabía si hacía lo correcto o no, pero no podía permitir que fuese sola, por mucho que le hubiese dicho que tenía que confiar más en sí misma. Así que para asegurarse de que tanto el bebé como ella iban a estar bien, iba a acompañarla.

Lily debía haberse sentido más tranquila al saber que su enigmático prometido la esperaba en el hotel, pero no fue así. Bastian no había sido demasiado expresivo al desearle suerte para la reunión,

ni al decirle que todo iría bien, y su comportamiento excesivamente protector la había puesto
nerviosa.

Que le preocupase más el bebé que ella le molestaba y eso había hecho que no estuviese tan
emocionada con la reunión con la editora como
hubiese debido.

No obstante, Kate Barrington le pareció una mujer encantadora y supo tranquilizarla. Hizo que Lily
se sintiese cómoda desde que llegó al elegante restaurante en el que habían quedado y la conversación fue agradable y fluida desde el primer momento.

Así que Lily se relajó más de lo que había imaginado a pesar de encontrarse rodeada de personas
muy bien vestidas, que le recordaron a la época en
la que había estado casada con Marc.

Cuando había estado a punto de sentirse fuera de
lugar, había recordado las palabras de Bastian: que
nunca pensase que era menos merecedora de la
buena suerte y la admiración que nadie, que valía
tanto como cualquiera. No solo por su belleza y
talento, sino porque era una buena persona y eso
era poco habitual. ¿Quién no iba a querer su compañía?

Dejó de sentirse molesta con él para sentirse re-
confortada por tenerlo e, instintivamente, se llevó la
mano al vientre.

—¿Para cuándo es el bebé?

—Para dentro de unos cinco meses —respondió.

–¿Y nacerá en Italia?

–Eso es.

–¿El padre es... italiano?

–Sí.

–¿Y cómo es? No me digas que es muy atractivo, con el pelo oscuro y los ojos grandes, marrones, o me echaré a llorar.

Lily todavía estaba sonriendo cuando un grupo de hombres vestidos de traje entró en el restaurante. Sorprendida, reconoció entre ellos a su exmarido. Marc todavía le enviaba algún mensaje de vez en cuando, pero no habían vuelto a verse desde el divorcio.

Al ver su expresión, Kate le preguntó:

–¿Has visto a alguien conocido?

–A mi exmarido.

–Ah. ¿Y te incomoda?

–No, en realidad somos amigos.

–Entonces, ¿fue un divorcio amistoso?

–Sí, aunque eso no significa que no fuese doloroso que las cosas no saliesen bien entre nosotros.

–Lo comprendo. Casi todas las mujeres se quedan destrozadas cuando una relación fracasa. Mi hermana salió con un tipo como esos de allí –le contó Kate, señalando hacia el grupo con la cabeza–. Era un tipo muy seguro de sí mismo y que, en ocasiones, la trataba fatal. No digo que los dos sean iguales, pero... por suerte ahora está con alguien diferente, es enfermero en un hospital. Y, al menos, tiene el corazón donde tiene que tenerlo.

No gana mucho dinero, pero la quiere mucho y mi hermana dice que nunca había sido tan feliz.

–En ese caso, ¿por qué no brindamos por todos los hombres buenos del mundo? –sugirió Lily.

Aunque al hacerlo se preguntó si alguna vez olvidaría la vergüenza de haberse casado con un hombre al que le gustaba el sexo opuesto al suyo y con el que ni siquiera había llegado a consumar el matrimonio.

Capítulo 10

BASTIAN salió a comer, pero, a pesar de la gran oferta de restaurantes que tenía a su alcance, había perdido el apetito. No podía dejar de pensar en Lily. Esperaba que su reunión estuviese saliendo bien y que supiese negociar y poner en valor sus esfuerzos y su talento.

Entró en una elegante cafetería, pidió un expreso y se sentó junto a la ventana a bebérselo. Leyó el periódico italiano que había comprado y se enteró de cómo iba su equipo favorito, pero ni siquiera eso consiguió captar completamente su atención.

La cafetería estaba cerca de Hyde Park y, media hora más tarde, salió de ella para tomar un taxi.

Llegó al elegante restaurante en el que Lily estaba comiendo temprano, pero se dijo que no importaba. Necesitaba ver que estaba bien...

Lily acababa de salir del baño cuando se encontró de frente con su exmarido. Era evidente que este la había visto antes, pero había estado demasiado ocupado charlando con sus colegas como para acercarse a saludarla.

—Lily... ¡qué agradable sorpresa!

Como si realmente se alegrase de verla, le dio un beso en la mejilla.

—Cuando te he visto, no podía creerlo. ¿Has vuelto a Londres?

—He quedado a comer con mi editora.

—¿Y has venido desde Italia?

Lily le había contado que se había mudado allí.

—Eso es.

—Bueno, espero que no te moleste que te diga que tienes un aspecto muy sano. Supongo que te va bien por allí.

—Muy bien, la verdad es que me encanta.

—¿Y qué tal estás?

—Muy bien. Estoy embarazada y voy a casarme otra vez.

Marc la miró con sorpresa y se ruborizó ligeramente.

—¿Estás esperando un bebé?

—Sí.

—Por eso estás radiante. ¿Y quién es el afortunado?

—Un oleicultor italiano que produce aceite de oliva ecológico.

—¿Así se gana la vida?

—Sí... y muy bien ganada.

—Pues bien por él...

–Su familia vende aceite en todo el mundo –añadió Lily, poniéndose a la defensiva–, y han ganado una fortuna con ello.

–Pues qué suerte. ¿Y cuándo es la boda?

–En un par de semanas.

–¿Y quieres a ese tipo?

–Por supuesto.

No dudó en admitirlo y se dio cuenta de que lo que había sentido por ambos hombres no se parecía en nada.

–¿Y cómo es, ese futuro marido tuyo?

–Es generoso, trabajador y... la verdad es que es maravilloso.

Nada más decir aquello, Lily se dio cuenta de que estaba feliz de que Bastian la hubiese acompañado a Londres. Le importaba lo suficiente como para haber querido asegurarse de que iba a estar bien e iba a casarse con ella.

–¿Y está aquí contigo?

–¿En el restaurante? –preguntó ella, ruborizándose–. No, está esperándome en el hotel.

Marc se quedó pensativo.

–Solo espero que sepa la suerte que tiene de haberte encontrado, Lily. Seguro que sabe que eres única en tu género.

–¿Y tú, Marc? ¿Eres más feliz ahora?

–Sí, lo cierto es que sí.

–Entonces, la vida nos va mejor a ambos, ¿no?

Marc puso gesto compungido y respondió:

–Siento haberte hecho daño, Lily. La verdad es

que fui un cobarde al no querer dejarte marchar. Pensé que jamás encontraría a nadie que me comprendiese como tú.

Aquello la emocionó.

—Nunca he pensado que quisieras hacerme daño, Marc. Nos casamos sin pensarlo demasiado, porque los dos buscábamos seguridad. Nos sentíamos cómodos juntos y decidimos escoger la opción más sencilla. No tiene sentido que nos castiguemos con el pasado. Bueno, ahora tengo que volver a la mesa.

Se puso de puntillas y le dio un beso en la mejilla.

Como Kate Barrington le había indicado muy amablemente que Lily llevaba un buen rato en el baño, Bastian se preocupó de que hubiese podido pasarle algo. Iba a buscarla cuando, en el pasillo, la vio dándole un beso a un hombre alto, elegante y rubio. Era evidente que lo conocía bien, y eso hizo que Bastian llegase a la conclusión de que debía de tratarse de su exmarido.

Al parecer, uno de sus mayores miedos se había confirmado. Lily todavía sentía algo por su exmarido y había quedado con él en el restaurante para verlo.

—¡Lily! ¿Me puedes explicar que está pasando?

Sorprendida, ella se apartó rápidamente del otro hombre.

—Bastian, ¿qué haces aquí tan pronto? Te dije que te llamaría cuando hubiese terminado.

—Pues menos mal que no te he hecho caso, ¿no?

–replicó él, furioso–. Usted debe de ser el exmarido de Lily.

–¿Y a usted qué le importa? –preguntó Marc en tono arrogante.

–Me importa porque Lily va a tener un hijo mío y vamos a casarnos. ¿Responde eso a su pregunta?

–Lo crea o no, acabo de decirle lo mucho que me alegro por ella.

–¿De verdad?

Bastian se acercó más al otro hombre y le preguntó enfadado:

–¿Qué pretendía, encontrándose con ella aquí? Supongo que sabrá que se ha mudado a Italia y que tiene otra relación.

–Yo no he quedado con Lily aquí, nos hemos encontrado por casualidad.

Bastian tomó aire, tenía los puños cerrados.

–No puedo creerme que haya sido una coincidencia. En cualquier caso, le advierto que se mantenga alejado de ella.

–Entendido, pero supongo que tendrá que ser Lily la que decida si quiere volver a verme o no.

Bastian se dio cuenta de que Lily estaba temblando y se preguntó si temblaba porque quería a Marc más que a él. ¿Por qué si no habría accedido a verlo? No podía creer que se hubiesen encontrado por casualidad.

Y fue en aquellos momentos de confusión cuando se dio cuenta de que no solo le importaba el bebé. Amaba a Lily y la quería solo para él, fuese a tener un hijo suyo o no. Lily había puesto patas arriba todo su mundo desde el primer momento. Y si lo dejaba para volver con su exmarido, Bastian no sabría qué hacer. Ni siquiera sabía si podría sobrevivir sin ella.

—Para empezar, Bastian, no hables de mí como si fuese invisible. Y, para continuar, no he quedado con Marc, nos hemos encontrado aquí por casualidad. No obstante, estoy de acuerdo en que lo mejor será que no volvamos a vernos. He empezado una vida nueva y prefiero dejar atrás el pasado.

Entonces miró al otro hombre.

—Nunca te había dicho esto, Marc, pero cuando estuve contigo fui muy infeliz y ambos conocemos el motivo. En conclusión, creo que es mejor que tampoco seamos amigos.

—¿De verdad es eso lo que quieres? —le preguntó Marc.

Lily agarró la mano de su amante al tiempo que respondía:

—Sí, Marc, eso es lo que quiero.

Kate le había hecho una buena oferta por su libro, en parte, le había dicho, porque la editorial ya había trabajado antes con ella como ilustradora.

El hecho de que fuesen a publicar el libro había ayudado a Lily a creer en su talento. El nuevo contrato le demostraba que podía escribir historias maravillosas para niños además de ilustrarlas, historias que el público iba a querer comprar. Ya no era un sueño, era real.

Había sido un día memorable, había firmado el contrato y Bastian la había sorprendido en una situación comprometedora con Marc, pero el día todavía no había terminado.

De camino al hotel, subidos en un taxi, Bastian había estado preocupantemente callado y ella había tenido el presentimiento de que algo iba mal. ¿Seguiría enfadado por habérsela encontrado con Marc? Al fin y al cabo, no era culpa suya que se hubiese presentado en el restaurante antes de tiempo.

—Deberías contarme qué estás pensando. Es evidente que no estás contento –le dijo.

—¿Habías quedado con tu ex para verlo? –le preguntó él, girándose a mirarla.

Ella palideció.

—Por supuesto que no. Ya te he dicho que ha sido una casualidad.

—¿De verdad?

—¿Dudas de mí? ¿No te has dado cuenta de que no hay ninguna atracción entre nosotros??

—Entonces, ¿por qué te casaste con él?

Lily suspiró.

—¿No te lo he contado ya?

—Me contaste algo de que una amiga te había recomendado que salieses con él, que no querías estar sola, pero eso no es mucho, Lily. Me gustaría oír la historia entera, pero ahora no es el momento.

Quiero que disfrutes de este viaje y te voy a llevar de compras.

—¿A comprar el qué?

—Cosas para ti y para el bebé.

—Pero si yo no necesito nada.

Él arqueó una ceja.

—¿Y nuestro bebé? ¿Lo vas a tener desnudo? Va a necesitar ropa y muchas cosas más...

Bastian se inclinó hacia delante y pidió al taxista:

—¡Llévenos a Harrods, por favor!

Justo antes de llegar a los grandes almacenes, Bastian informó a Lily de que había contratado los servicios de una *personal shopper* y que lo tenían que aprovechar, que no dudase a la hora de transmitirle lo que quería.

Y, aunque al principio la sensación fue un poco extraña, Lily enseguida empezó a divertirse y Bastian disfrutó también con ella.

Cuando terminaron de escoger cosas para el bebé, Bastian le guiñó un ojo y le dijo que le tocaba a ella.

—¿Qué quieres decir? Ya te he dicho que yo no necesito nada.

—Es cierto que no necesitas nada para estar preciosa, Lily, pero como soy el hombre de tu vida tengo el privilegio de poder elegir ropa que realce todavía más tu belleza, ¿no?

Ella sonrió con nerviosismo.

Terminaron el día visitando el piso cincuenta y dos de The Shard, donde tomaron algo y admiraron las impresionantes vistas. Aquella era la ciudad en la que Lily había crecido, pero en esos momentos la veía con los ojos de una turista y estaba orgullosa de poder verla así por primera vez al lado de su guapo prometido.

Antes de marcharse, Bastian brindó con champán por su matrimonio y le dio un apasionado beso, pero Lily seguía atormentada por la idea de que en realidad no la amaba, de que solo iba a casarse con ella porque estaba embarazada.

Lily estaba en el piso de arriba de su casa, deshaciendo la maleta, pero Bastian seguía inquieto. No podía evitar tener miedo a perderla como había perdido a su madre y, más tarde, a Marissa. Ya había sabido que quería a Lily en su vida, pero después de haberla visto con Marc, había perdido el control de sus sentimientos.

–Bastian.

Este levantó la vista y la vio en las escaleras.

–He pensado que la maleta puede esperar. Quiero hablar contigo.

¿Iría a decirle que se arrepentía de haber roto la relación con su ex?

Él se levantó de un salto del sofá y la miró fijamente. Se había puesto unos pantalones de lino y una camisa blanca y llevaba el pelo suelto. Pensó que le encantaba verla así, tan natural, como ella era.

Pensó que su madre la habría adorado.

—Entonces, ¿por qué no vienes a sentarte? —le sugirió.

Ella esperó a que él volviese a sentarse y se instaló a su lado. Bastian quería tomar su mano, pero Lily las tenía agarradas sobre el regazo y estaba muy seria.

A él se le hizo un nudo en el estómago.

—¿Qué ocurre?

—Me dijiste que querías que te contase cómo fue mi relación con Marc.

Él respiró hondo.

—En cualquier caso, después de haber vuelto a verlo, he decidido contarte toda la verdad.

—¿Qué quieres decir? ¿No te habrás dado cuenta de que quieres estar con él en vez de conmigo?

Ella lo miró con sorpresa.

—¿Cómo puedes pensar algo así? ¿Lo que hemos compartido y el hecho de que vayamos a tener un bebé no significa nada para ti? ¿Piensas que he estado fingiendo hasta ahora?

Bastian sacudió la cabeza.

—Lo cierto es que ahora mismo no sé qué pensar.

Lily lo miró fijamente.

—Quiero hablarte de Marc porque vamos a casarnos y no quiero que haya secretos acerca de mi pasado.

—Bueno, pues cuéntamelo todo.

Ella se aclaró la garganta y se apretó las manos.

—Cuando lo conocí tenía veintiséis años y, hasta entonces, no había tenido ninguna relación seria porque huía del compromiso. No había tenido precisamente un buen ejemplo en casa, ya que mis padres siempre habían estado discutiendo, y no quería una relación parecida a la suya. Marc me dijo que se había sentido atraído por mí desde el principio y alentada por mi amiga, decidí conocerlo. Había estado sola mucho tiempo y... bueno, que disfrutaba de su compañía.

Suspiró antes de continuar.

—Me trataba muy bien y sabía animarme cuando estaba triste, así que cuando me pidió que me casase con él pensé que era una buena idea. Al menos, ya no estaría sola y tendría su apoyo cuando lo necesitase, lo mismo que él el mío. Así que nos casamos. Pero yo descubrí algo que no había esperado y mi esperanza de un futuro mejor se desvaneció delante de mis ojos.

—¿Te engañó?

Lily se encogió de hombros.

—No lo sé, pero lo que me contó la noche de bodas hizo que nuestra unión estuviese destinada al fracaso. Marc es homosexual. Le gustan los hombres, no las mujeres.

Bastian se quedó sin palabras. De todos los escenarios que había podido imaginar, aquel jamás había pasado por su cabeza.

Se puso en pie y empezó a andar por la habitación, se pasó una mano por el pelo y después la miró y sacudió la cabeza.

—¿Y a qué estaba jugando? ¿Me dices que esperó a estar casado contigo para contarte algo así?

—Sí. Al principio pensé que era un egoísta, pero después me di cuenta de que yo tampoco confié en mi intuición.

—¿Quieres decir que ya sospechabas algo?

Lily asintió.

—Sí, pero me convencí de que eran imaginaciones mías.

—La culpa no fue tuya. Es evidente que él te engañó para que os casarais. Se aprovechó de ti.

—Tras la noche de bodas, que no consumamos, me dijo que si me quedaba con él y hacía mi papel de esposa, lo acompañaba a las cenas de trabajo y lo apoyaba, tendría más fácil ascender en el trabajo. A cambio, él me apoyaría a mí económicamente. Yo no tenía adónde ir, así que accedí.

—¿Y te quedaste con él durante casi un año? —preguntó Bastian con incredulidad.

—No me siento orgullosa de ello. ¿Sabes lo humillante que fue para mí? Vivir con un hombre que no me deseaba y que había utilizado mi situación para mejorar la suya propia... El caso es que yo estaba muy dolida y él hizo lo posible por hacer que la convivencia fuese soportable.

—¿Y qué hizo? ¿Darte regalos y todo lo que su dinero podía comprar?

—¿Tan frívola me consideras, Bastian?

Este se dio cuenta de que la había ofendido.

—No, no, pero me enfada pensar en lo que ese hombre te hizo pasar.

—En fin, que fui ahorrando algo del dinero que me daba para la casa y para ropa y, junto con lo que ganaba con las ilustraciones, reuní lo suficiente para marcharme al extranjero en cuanto pudiese. Pensé que empezaría en otro lugar de cero. Siempre había querido vivir en Italia...

—¿Y entonces le pediste el divorcio?

—Aunque resulte extraño, me lo pidió él a mí. Marc había conocido a alguien y la relación iba en serio. Quería que su novio fuese a vivir con él, así que me pidió el divorcio y me ofreció pasarme una pensión que yo rechacé. Había ahorrado lo suficiente como para no necesitarla. Sin embargo, en el último momento insistió en darme un cheque para ayudarme, dijo, hasta que yo tuviese unos ingresos fijos.

Bastian la estaba mirando fijamente.

—Supongo que pensarás que soy una tonta por no haberle sacado todo lo que podía, pero...

La mirada de Lily era tan triste que lo conmovió.

—Pero yo no soy así —continuó ella—. No puedo ser cruel con alguien solo porque me haya hecho daño. Pensarás que soy una blanda y tienes razón.

—Estás dando por hecho muchas cosas que no

son ciertas. Me gustas y te acepto tal y como eres. Si fueses diferente, es probable que no estuviésemos juntos.

Entonces la abrazó, la miró a los ojos y le apartó con cuidado un mechón de la cara.

—Por lo que me has contado, supongo que tu ex no tenía las cosas claras, aunque eso no significa que no actuase mal. Me alegro de haberle advertido que se alejase de ti. Pero, al mismo tiempo, forma parte de tu pasado y yo soy tu presente y, confía en mí, tu futuro. Olvídate de él. No ha sido más que una nube pasajera en un día de sol.

—¿Sabes que tienes la habilidad innata de hacerme pensar que todo va a salir bien? —murmuró Lily.

—La tengo porque me importas y porque no quiero que la madre de mi hijo dude de sí misma.

—Entendido. Intentaré creer más en mí cuando nazca el bebé.

—No tienes que cambiar, Lily. Solo tienes que perdonarte por lo que consideras que han sido tus errores. Seguro que eso te ayuda.

—Um... Ahora, tengo que subir a deshacer la maleta.

Se zafó de su abrazo y subió las escaleras antes de que Bastian pudiese impedírselo.

Las revelaciones de Lily acerca de su anterior matrimonio lo habían conmovido y se preguntó si había hecho mal convenciéndola de que se casasen cuando ella no había querido.

Aliviado al mismo tiempo por conocer la historia, supo que podía centrarse en la boda sin miedo a que Lily quisiese volver con el otro hombre.

Como oyó murmurar a un par de invitados, Lily llegaba «elegantemente tarde».

Aunque él ya se estaba empezando a preocupar.

Se aflojó el cuello de la camisa, tenía calor a pesar de que el interior de la iglesia de piedra era muy fresco.

—Enseguida llegará, hijo –lo tranquilizó su padre sonriendo, muy guapo, vestido con un caro esmoquin para la ocasión–. Estoy seguro de que tanto su madre como su dama de honor quieren que esté perfecta para este día tan especial.

—Lily siempre está perfecta.

—Estoy de acuerdo –respondió Alberto–, pero ya sabes cómo son las mujeres.

—Ella no es una mujer cualquiera –replicó Bastian, bajando más la voz–. Es mi corazón, mi alma gemela.

Su padre se limpió las lágrimas de los ojos.

—Eso mismo sentía yo por tu madre...

Bastian le apretó la mano cariñosamente y entonces empezó a sonar la marcha nupcial, que tocaba un guitarrista apostado en la parte delantera de la iglesia.

Padre e hijo se giraron a la vez y vieron por fin a la novia. Bastian pensó que no podía describir con palabras lo que sentía por aquella mujer que, vestida de novia, parecía una princesa sacada de un cuento de hadas.

El vuelo del vestido no conseguía disimular su estado, pero a él le daba igual lo que la gente pensase. En el fondo sabía que todos los hombres de la iglesia envidiaban su buena suerte.

Más tarde, durante el convite de celebración, levantaría su copa para brindar por la mujer más bella y hermosa del mundo: su esposa, Lily Carrera.

Capítulo 11

NO SE fueron de luna de miel inmediatamente después de la boda porque no fueron capaces de decidir adónde querían ir.

Lily había asegurado que el destino le daba igual, que lo que importaba era la compañía, pero para él sí que era importante. Tal vez sus comienzos no hubiesen sido muy tradicionales, pero quería hacer las cosas bien. Quería que Lily tuviese la luna de miel perfecta, la que no había tenido la primera vez.

Bastian ya sabía que Lily no sentía nada por su ex, pero le seguía entristeciendo que hubiese tenido que pasar por aquella situación. Y quería asegurarse de que su matrimonio empezaba lo mejor posible.

Al final, Lily había dejado el destino de la luna de miel a su elección. Y a Bastian se le había ocurrido reservar una habitación en un hotel muy lujoso y discreto, donde sabía que no los molestarían. Este estaba a unos nueve kilómetros de la costa adriática, tenía un restaurante y una bodega fabulosos, y todas las instalaciones que el cliente más exigente pudiese desear.

Satisfecho con la elección, iba a ir a recoger a

Lily a la casa alquilada, ya que esta seguía prefiriendo trabajar allí, cuando llamaron a su puerta.

De repente, se le encogió el estómago. ¿Sería Lily, que había decidido darle una sorpresa?

Pero al abrir la puerta se encontró con una mujer muy guapa, de unos treinta años y pelo castaño cuyo rostro le resultaba extrañamente familiar.

La vio esbozar una sonrisa y entonces se dio cuenta de que era... ¡Marissa!

–¡Bastian! Tenía la esperanza de encontrarte aquí. He preguntado por el pueblo y me han dicho que tenías una casa en las montañas. Entonces he recordado que siempre hablabas de construir una casa aquí. ¿Qué nombre querías ponerle? ¿Me lo recuerdas?

Las palabras le salieron a borbotones y Bastian se dio cuenta de que estaba nerviosa.

–No pensé que volvería a verte, Marissa –le contestó él–. Había oído que te habías marchado a América. ¿Qué te trae por aquí?

–Me mudé a Estados Unidos, sí, pero he vuelto porque necesitaba recordar una época en la que fui mucho más feliz.

Se le quebró ligeramente la voz y no pudo ocultar la emoción. No obstante, Bastian tuvo la sensación de que estaba actuando. Al fin y al cabo, no se había olvidado de cómo podía llegar a ser Marissa.

–¿Puedo entrar unos minutos? –le preguntó ella.

–No pienso que sea buena idea.

–Por favor, Bastian.

Su instinto le dijo que contestase que no, pero

estar con Lily lo había ablandado y se preguntó qué sentido tenía seguir enfadado. Marissa y él habían sido muy jóvenes cuando habían estado juntos, ya no eran los mismos. Con un poco de suerte, la vida la habría hecho madurar por fin.

—De acuerdo, pero solo unos minutos —le respondió—. Tengo que ir a hacer algo importante.

Le abrió la puerta y la vio entrar con sus acostumbradas sandalias de tacón alto.

A Marissa nunca le había gustado mucho andar y, si había tenido que elegir entre ser práctica e ir a la moda, siempre había escogido ir a la moda.

Bastian intentó apartar aquellos recuerdos amargos del pasado y la guio hasta el salón.

Lily estaba poniendo la lavadora en la casa de alquiler con algo de ropa que quería llevarse a la luna de miel cuando notó que el bebé se movía en su vientre, como si estuviese haciendo acrobacias.

Dio un grito ahogado y se llevó la mano al abdomen para notarlo mejor. Nada la había preparado para aquella experiencia que era increíble.

Así que decidió ir inmediatamente a Buona Stella para contárselo a Bastian.

Prefirió no avisarlo y darle una sorpresa...

Fue emocionada todo el camino, aunque al llegar y ver un coche aparcado fuera de la casa, dudó. ¿De quién sería aquel deportivo rojo?

Preocupada, aparcó su coche, que era pequeño y

nada llamativo, lejos de la casa, junto a un grupo de altos cipreses, y apagó el motor. No sabía por qué, pero ver aquel otro coche la había molestado.

Respiró hondo, salió del coche y caminó hasta la casa. Se acercó a mirar por una ventana, pero no vio nada.

Pero cuando había decidido ir por la parte de atrás a ver si su marido estaba en la cocina, lo vio entrar en el salón seguido de una atractiva mujer de pelo oscuro. Entonces, la mujer se abalanzó hacia él sin ningún preámbulo, lo abrazó por el cuello y lo besó apasionadamente.

Lily se quedó de piedra, no fue capaz ni de pensar. Con el corazón a punto de salírsele del pecho, se dijo que no era posible que Bastian tuviese una aventura.

Apartó la mirada y volvió al coche con el rostro bañado de lágrimas porque el hombre al que amaba la estaba engañando.

Dentro de la casa, Bastian se había zafado de la otra mujer y le había dicho:

—No vuelvas a tocarme.

—¿Por qué? ¿Te da miedo volver a desearme? Apuesto a que tu nueva novia no te satisface como yo.

—Mi nueva novia es mi esposa y es mucho más mujer de lo que tú serás jamás, Marissa, y mucho más bella. Me das pena.

Marissa le había gritado furiosa y después se había dado media vuelta y se había marchado por donde había llegado.

Y Bastian se había alegrado de verla marchar, pero el encuentro lo había dejado tocado.

Por suerte, Lily no había estado en casa para presenciar el altercado. En caso contrario, habría dudado de todo lo que él le había dicho: que jamás engañaría a la mujer de su vida. Si se enteraba de que Marissa había estado allí, creería que él la había invitado y pensaría mal de él cuando, en realidad, no tenía nada que temer.

Después de darle muchas vueltas al tema, fue por fin a casa de Lily. Se había hecho de noche, pero seguía haciendo buena temperatura.

Lily no lo miró a los ojos al abrir la puerta.

—Hola —lo saludó como si le diese igual que estuviese allí o no.

Bastian frunció el ceño y la siguió hasta el salón.

—Siento llegar tan tarde. Tenía trabajo que atender.

—¿Trabajo?

—Sí —respondió él, incómodo por estar mintiendo a su esposa.

—Pensé que ibas a tomarte parte del día libre —comentó ella—. ¿Quieres un café?

Y fue hacia la cocina.

—No, gracias —murmuró Bastian—, preferiría que vinieses aquí, a sentarte conmigo.

—De acuerdo.

Le preocupaba que Lily estuviese tan tranquila y habría preferido que hubiese estado enfadada con él por haber llegado tan tarde.

Lily se sentó en un sillón y él se quedó de pie.

–Hay algo que te preocupa –le dijo Bastian–, y no me digas que no es nada porque no te voy a creer.

Lily respiró hondo, incapaz de contener el dolor y la decepción.

–Está bien, te lo contaré. Estoy furiosa porque me has mentido. ¿Quién era esa mujer del coche rojo que ha ido a verte y por qué me lo ocultas?

–¿Has venido a casa y la has visto? –preguntó él sorprendido.

–Sí. He aparcado lejos porque he pensado que tenías visita y no quería interrumpir, pero me he asomado por una ventana y he visto mucho más de lo que habría debido. He visto a la mujer y he visto cómo te besaba. ¿Es tu amante, Bastian?

–No, por supuesto que no... ¿Eso es lo que piensas?

–¿Qué quieres que piense si te he visto en brazos de otra mujer solo unos días después de haberte casado conmigo delante de tus amigos y familiares?

–Si la has visto besarme, habrás visto cómo la he apartado yo.

–No. He querido marcharme de allí lo antes posible. ¿Quién es, Bastian? ¿Y por qué se ha tomado semejante libertad si no tenéis una relación?

–Se llama Marissa –le respondió él–. ¿Recuerdas que te conté que había estado prometido?

–¿Quieres decir que es la mujer que te engañó?

–La misma. Ha estado viviendo en Estados Unidos. Se ha divorciado por segunda vez y ha vuelto a Italia a recordar su pasado.

Suspiró y un mechón de pelo oscuro cayó sobre su frente.

—¿A buscarte a ti, quieres decir?

—No solo a mí... también a ver a su familia.

—¿Y qué le has dicho?

—Que estoy casado.

—¿Y por qué te ha besado?

—Porque uno de sus defectos era que es muy celosa... y rencorosa. No soporta la idea de que haya alguien en el mundo que no la desee.

—¿Y cómo sabes que no va a intentar recuperarte?

—En cualquier caso, va a perder el tiempo.

Lily estaba deseando oír de labios de Bastian que la quería y que jamás le interesaría otra mujer, pero Bastian no se lo dijo y, sintiéndose insegura y vulnerable, habló sin pensarlo:

—Este matrimonio no va a funcionar como yo pensaba, Bastian. Necesito confiar en mi marido y en estos momentos... no confío en ti. Así que voy a hacer las maletas y a instalarme en un hotel durante un tiempo, hasta que aclare mis ideas.

—¿De verdad me estás diciendo que no confías en mí? —preguntó él con incredulidad.

Lily asintió.

—No empeoremos las cosas. Seguiremos en contacto, pero no quiero volver a verte hasta que haya decidido lo que voy a hacer.

—No seas ridícula...

—No lo soy. Por una vez, estoy siendo sensata.

Se puso en pie y se giró hacia las escaleras.

—Pero me estás diciendo que te vas a llevar a mi hijo... ¿Sabes cómo me voy a quedar yo? —añadió Bastian desolado.

—Voy a hacer la maleta y a marcharme a un hotel. No te preocupes, Bastian, te llamaré y te diré dónde estoy. Mira... tal vez deberíamos hablar mañana, cuando los dos estemos más tranquilos.

—¿Me estás diciendo que quieres que rompamos?

—Me temo que tiene que ser así.

—Pero no te puedes marchar y llevarte a mi hijo... ¡No te lo permitiré!

Bastian la agarró del brazo y la atrajo hacia él, desesperado.

—Suéltame, Bastian —le pidió ella.

Y, muy a su pesar, la soltó.

Lily subió las escaleras sin mirar atrás.

—No puedo creerme que se haya marchado.

Bastian estaba sentado en la cocina de su padre, ahogando las penas en un vaso de coñac.

No podía creer que Lily no confiase en él.

Alberto, que estaba sentado enfrente, se rascó la barba.

—¿Qué ha pasado, hijo? ¿Por qué se ha marchado?

Bastian dio otro sorbo a la bebida y respondió:

—Ha pensado que la estaba engañando con Marissa.

—¿Marissa? ¿Y qué tiene que ver con todo esto esa mujer?

–Que ha vuelto a ver a su familia.

–¿Quieres decir que la has visto?

–Vino a casa e intentó besarme, y Lily estaba mirando por la ventana.

–No me lo puedo creer. Esa mujer solo causa problemas, como siempre. Espero que le hayas dicho que no vuelva.

–Sí, pero es demasiado tarde, padre. El daño ya está hecho. Sin Lily no soy nada, ya lo sabes. He tardado demasiado en decirle lo mucho que significa para mí y ahora piensa que soy un golfo.

–Pues tienes que aclarar las cosas.

–¿Cómo? ¿Qué voy a hacer? Le he hecho mucho daño.

–Para empezar, deja el coñac. Tendrás que estar sobrio cuando vayas a rogarle que te perdone. Y ya puedes rogar, porque jamás encontrarás a otra mujer como Lily. Sé sincero con ella y dile lo que me has dicho a mí: que es el amor de tu vida y que ese es el motivo por el que te has casado con ella.

Lily jamás había sabido que uno pudiese sentirse tan solo en una habitación de hotel.

Notó que se le llenaban los ojos de lágrimas mientras la camarera le deseaba buenas noches. Solo podía pensar en la discusión que había tenido con Bastian y en las palabras que este le había dicho, según las cuales no podía soportar la idea de perder a su hijo, pero a ella, sí.

Eso la había hecho decidir que tenía que marcharse, que su relación solo había estado basada en la pasión, no en el amor. Y era amor lo que ella ansiaba.

No pudo evitar pensar en lo ocurrido por la tarde. ¿Le habría dicho Bastian la verdad al asegurarle que no tenía una aventura con Marissa? ¿Se había precipitado ella al afirmar que ya no confiaba en él?

Lo cierto era que, de repente, se había dado cuenta de que su esperanza de ser feliz con un hombre era inalcanzable. No aprendía...

Notó que el bebé se movía en su vientre, como si hubiese sentido su infelicidad. Sintió unas ligeras náuseas y se tumbó en la cama y se acarició el vientre con suavidad, con movimientos circulares.

–Lo siento mucho, bebé –susurró con voz ronca–. Mamá va a estar bien, solo está un poco enfadada con tu papá y está compadeciéndose de sí misma.

Pero fue terminar de hablar y, abrumada por el dolor, ponerse otra vez a llorar.

–Tenemos que hablar.

A la mañana siguiente, Lily oyó la voz de su marido al otro lado del teléfono y se le volvió a acelerar el corazón. Si hubiese podido dar marcha atrás en el tiempo y volver a antes de haber visto el coche de aquella mujer aparcado delante de Buona Stella, lo habría hecho. En esos momentos ansiaba oír la voz de Bastian, pero tenía miedo de lo que este pudiese decirle después de la discusión de la noche anterior.

En cualquier caso, sabía qué tenía que ser fuerte.

—¿Ahora? ¿Por teléfono?

Lo oyó respirar hondo antes de responder:

—No. Preferiría que fuese cara a cara. ¿Estás dispuesta?

—Si vas a ser razonable.

—¿No me crees capaz?

Lily suspiró.

—Hay mucho en juego y tengo que pensar, lo primero, en mi bienestar y en el del bebé.

—¿Entonces, piensas que mis sentimientos no importan?

Estaba enfadado, eso era evidente, y Lily no quería echar más leña al fuego. Lo mejor sería que ambos mantuviesen la calma si querían llegar a un acuerdo.

—¿Dónde quieres que nos veamos?

—En la casa de alquiler.

—Pues nos veremos allí dentro de una hora.

—Entendido —dijo él y, como si quisiese asegurarse de que iba a decir la última palabra, añadió—: No llegues tarde.

La predicción meteorológica era de mucho calor y Lily estaba ya muy incómoda, pero sospechaba que aquellos sudores tenían menos que ver con el tiempo y más con la idea de ver a su marido después del incidente del día anterior.

Había pensado que sería la primera en llegar, pero Bastian la había ganado. Y como tenía una llave, fue él quién le abrió la puerta del que, desde que se habían casado, era su lugar de trabajo.

Lily se dio cuenta de que era posible que fuesen a romper su relación y la idea hizo que se sintiese infeliz, desolada. No la ayudó ver a Bastian tan guapo mientras que ella se sentía horrible con un vestido verde y sin maquillaje. Tenía que haberse puesto algo de colorete para sentirse más segura, pero no lo había hecho porque, de todos modos, se sentía fatal.

Fue él quién empezó la conversación.

–¿Quieres tomar algo?

–No, gracias, preferiría que hablásemos de lo que tengamos que hablar.

Se tocó el pelo mientras se sentaba e intentó no estudiar con la mirada el perfecto rostro de Bastian, que se había sentado enfrente. ¿Cómo iba a soportar la idea de no volver a acostarse con él jamás?

–Con respecto a Marissa...

–¿Qué?

–Que no te lo había contado antes, pero nuestra relación fue un infierno –admitió él–. Me dejó muy dolido, después de tantas mentiras y engaños. Durante mucho tiempo, pensé que la culpa había sido mía, por no haber hecho caso a mi instinto y no haberla sacado de mi vida antes.

Lily suspiró.

—Entonces... ¿No tienes una aventura con ella? ¿No quieres recuperar lo que tuvisteis?

Lily contuvo la respiración mientras esperaba la respuesta.

—Supongo que lo dices de broma. No he olvidado el daño que me hizo ni el disgusto que le dio a mi padre. ¿Cómo voy a quererla de nuevo en mi vida?

—Supongo que no.

—Ahora que te he explicado lo que ocurrió, ¿piensas que puedes intentar confiar en mí de nuevo, Lily?

—Dije que no confiaba en ti en aquel momento, cuando pensaba que tenías una aventura, pero me sigue pareciendo mal que no me contases que había ido a verte y había intentado besarte. Es normal que pensase que ocurría algo cuando no mencionaste nada de aquello.

—No tenía que haber intentado ocultártelo, lo sé. Solo quería ahorrarte el disgusto y evitar que sacases conclusiones equivocadas.

—Que fue precisamente lo que ocurrió. En cualquier caso, gracias por la explicación. Por otra parte, me dolió mucho que pensases que iba a alejar al bebé de ti. Y, por si eso fuese poco, tengo la sensación de que no te preocupaba nada perderme a mí.

Aquello lo sorprendió.

Se puso en pie e hizo que ella se incorporase también.

–Tienes que estar loca si has pensado eso, Lily.
Te adoro, ¿es que todavía no te has dado cuenta? A
veces pienso que no podría respirar si no te tengo
cerca. Os quiero a los dos en mi vida, al bebé y a ti.

Ella sonrió y empezó a llorar al mismo tiempo.

–Yo tampoco puedo imaginar mi vida sin ti,
Bastian, esa es la verdad.

–Hablando de verdades, no quiero que pienses
que no he cometido ningún error en mi vida, porque por supuesto que lo he hecho. Uno de ellos, y
muy grande, fue Marissa. Después de aquello, me
prometí que no me volvería a ocurrir.

Bastian puso gesto de desprecio y, en ese instante, Lily notó que el bebé se movía en su vientre.
Tomó la mano de su marido y la apoyó en él.

–*Oddio* –exclamó él–. ¡Puedo sentir al bebé!

Lily sonrió y le acarició el rostro.

–La primera vez que lo noté fue ayer, mientras
ponía una lavadora. Corrí al coche y fui directa a
contártelo.

Bastian la abrazó.

–Y llegaste justo a tiempo de ver a otra mujer
besándome –comentó con el ceño fruncido de nuevo.

Lily hizo una mueca.

–Vamos a olvidarnos de eso, ¿de acuerdo? Ahora
sé que quieres que estemos juntos y eso es lo único
que importa... El bebé, tú y yo. Por eso me he casado contigo.

–Si no tuviese hecha la reserva para nuestra luna
de miel, te llevaría ahora mismo al dormitorio para

que no tuvieses la menor duda de que solo te quiero a ti, ángel mío.

Después de aquello la besó y Lily estuvo a punto de dejarse llevar, pero entonces preguntó:

—¿Y adónde vamos a ir?

—A un hotel maravilloso en la costa adriática. Uno muy íntimo, perfecto para nuestra luna de miel.

—Suena estupendamente.

—Por supuesto. Y no tendremos prisa por volver. Nada ni nadie interrumpirá un momento tan especial.

—Oh...

—Ahora, abróchate los botones superiores del vestido, que me están distrayendo, y ve a hacer la maleta.

—¿Qué tipo de ropa tengo que llevar? —le preguntó ella.

Él le dedico una seductora mirada antes de responder con voz ronca:

—Por mí... ninguna.

Capítulo 12

BASTIAN quería que todo saliese bien, y así fue su llegada al hotel y a la maravillosa suite. Sin embargo, había algo, lo más importante, que faltaba. Desde que habían llegado a su destino, tenía la sensación de que Lily estaba incómoda.

¿Seguiría dándole vueltas al desafortunado incidente con Marissa?

Él esperaba que no fuese así, pero la veía demasiado callada, ausente.

Cuando el botones había terminado de enseñarles su habitación y les había deseado que pasasen un buen día, Bastian le había dado una generosa propina y lo había acompañado a la puerta. Después, se había encontrado con Lily sentada con la espalda muy recta en uno de los lujosos sillones.

—Es un lugar precioso, Bastian.

—¿Qué te ocurre?

—Nada... ¿Por qué preguntas eso?

—Porque tengo la sensación de que algo te molesta.

—Estoy bien.

—¿De verdad? Porque quiero que disfrutes de esta

experiencia, *amore*. Y en estos momentos tengo la sensación de que preferirías estar en cualquier otra parte.

Ella se ruborizó al instante.

—Eso no es cierto. Es nuestra luna de miel, ¿recuerdas? Por supuesto que quiero estar contigo, pero...

—¿Qué?

—Que no necesito que me des todo lo que pienses que me va a hacer feliz. Este lugar es increíble, pero estaría igual de contenta en cualquier otro, contigo.

Entonces fue él quién se ruborizó. Se dio cuenta de que tal vez se estaba esforzando demasiado y no le estuviese dejando nada al azar. El efecto estaba siendo el contrario al esperado, no estaba consiguiendo que Lily se diese cuenta de que lo era todo para él.

La idea de vivir sin ella le resultaba insoportable.

La ayudó a ponerse en pie y le acarició la mejilla.

—He esperado mucho tiempo, tal vez demasiado, a decirte lo que siento, cariño. Te quiero. Te quiero más que a nada en el mundo. Y lo daría todo por ti y por nuestros hijos.

A Lily se le llenaron los ojos de lágrimas.

—Yo también te quiero a ti. Siempre te he querido y siempre te querré, pero tenía miedo a decírtelo y que eso te asustase y te apartase de mí.

—Jamás. Mi mayor deseo se ha hecho realidad al oír que me quieres. Te prometo que haré todo lo que esté en mi mano para que jamás tengas la menor duda de que has hecho lo correcto al casarte conmigo.

El beso que se dieron entonces fue mágico, como si de verdad fuesen uno solo, en cuerpo y mente. Bastian sonrió y, con cuidado, tomó a Lily en brazos y la llevó hasta el lujoso dormitorio.

Las delicadas cortinas blancas se movían sinuosamente con la brisa caliente que entraba por las ventanas mientras Lily se tumbaba sobre él en la cama cubierta de sedas y satenes y se aferraba a sus hombros.

Unos hombros fuertes y musculosos, que hacían que se sintiese protegida, que sintiese que, pasase lo que pasase, Bastian siempre estaría allí.

Bastian le hizo el amor apasionadamente y ella gimió y le clavó las uñas en la piel al llegar al clímax.

Poco después, ya saciados, se abrazaron en la cama.

—En una ocasión me contaste que antes de casarte con Marc no habías tenido otras relaciones. Si es así, Lily, debías de ser virgen la primera vez que hicimos el amor, ¿no?

Ella tardó un par de segundos en responder.

—Sí. Tú fuiste mi primer amante, Bastian.

Lily suspiró satisfecha y le dio un beso en el pecho cubierto de vello castaño.

Su marido la abrazó con cuidado, consciente de su estado, y la ayudó a colocarse a horcajadas sobre él, le brillaban los ojos.

—¿Sabes el regalo que es eso para un hombre? —le preguntó a Lily.

Ella sonrió.

–Me alegro de que lo sientas así. Hace que el hecho de que nuestro bebé vaya a nacer de ese primer encuentro sea todavía más especial.

–Sí –admitió él–. Creo que deberíamos brindar ahora, antes de que la tentación de volver a hacerte el amor sea insoportable.

–¿Tanto te costaría, mi amor? –le preguntó ella, apretándose contra su cuerpo.

–Por favor, sabes muy bien que no me costaría nada, pero nos está esperando una botella de champán. Sé que tú solo vas a poder probarlo, pero yo soy un firme partidario de celebrar las ocasiones importantes en la vida. Y esta es una de ellas.

–Por supuesto, ¿pero no podemos disfrutar el uno del otro solo un poco más?

Él le dio un beso y sonrió lascivamente.

–Ya sabes que no puedo negarte nada, mi amor...

En la terraza de la habitación, con la mirada clavada en el mar azul, Lily pensó que no podía haber una vista mejor. El sol hacía que la superficie del agua brillase como si estuviese cubierta de diamantes. Estaba hipnotizada.

Y justo cuando pensaba que su vida no podía ser mejor, sintió que Bastian se acercaba.

Notó sus manos en las caderas y que le mordisqueaba la nuca. Ella llevaba puesta una túnica de muselina que le sentaba muy bien y se alegró de haberse recogido el pelo.

Eso le facilitaba las cosas.

–Umm... Me gusta...

Se giró y lo besó en los labios.

–Tú sí que me gustas a mí.

–Eso pretendo.

Bastian sonrió y la apretó contra su cuerpo.

–Por cierto, voy a trasladar tu despacho a Buona Stella cuando volvamos a casa. No soporto la idea de estar separado de ti.

Aquello la emocionó.

–Ya te he dicho antes que tu casa es perfecta. Hay mucho espacio y todo es muy bonito. A nuestros hijos les va a encantar.

–Y espero que a ti también te encante.

–¿Acaso lo dudas?

–No, *amore*. Ya sabes que pienso que estamos hechos el uno para el otro. Cuando construí la casa, ya lo hice con la esperanza de encontrar a alguien como tú y, al parecer, el destino ha oído mis plegarias y te ha puesto en mi vida.

Lily lo estudió con la mirada. Ella también se sentía bendecida. Bastian tenía todas las cualidades que una mujer podía desear y estaba encantada de que el destino se lo hubiese guardado a ella.

Epílogo

LILY estaba en el enorme jardín, examinando las flores, cuando, de repente, sintió un dolor punzante en el abdomen. Le dolió tanto que dejó caer las tijeras de podar que llevaba en la mano y se tocó el vientre. Sintió otra vez el mismo dolor, y otra vez más.

Hacía tres días que había salido de cuentas y supuso que por fin estaba de parto.

Se mordió el labio y volvió lentamente hacia la casa. Agradeció que su marido hubiese insistido en trabajar desde casa durante las últimas semanas de su embarazo, por si el bebé llegaba antes de lo previsto. Dado que su propia madre había fallecido al dar a luz, era normal que tuviese ciertos miedos.

Lily entró en la casa y estaba justo en la puerta del despacho cuando tuvo otra contracción. Respiró hondo e intentó mantener la calma.

Bastian, que debía de haber intuido que estaba allí, abrió la puerta y la miró con preocupación.

—¿Qué ocurre?

Ella hizo una mueca.

–Creo que ya llega el bebé. Tengo contracciones.

–*Mio Dio* –dijo él, palideciendo–. Ponte cómoda mientras llamo una ambulancia.

La llevó hasta el sofá de piel que había en el despacho, le colocó las piernas encima de un cojín y añadió:

–Concéntrate en la respiración y no te preocupes por nada más.

–¡Eso es muy fácil de decir! –respondió ella.

Pero Bastian ya estaba detrás del escritorio, con el teléfono en la mano.

–La ambulancia viene de camino –anunció poco después–. ¿Puedo hacer algo para que estés más cómoda?

Lily tragó saliva y mantuvo la respiración.

–Sí, mi amor. Estar a mi lado para que sepa que todo va a ir bien.

–¿Te preocupa algo? –le preguntó él.

Bastian tenía miedo. No quería ni pensar en la posibilidad de que Lily, el amor de su vida, pudiese morir durante el parto, como su madre. Era una pesadilla que lo atormentaba constantemente.

–Por supuesto que no –le aseguró ella–, ni tampoco debería preocuparte a ti.

Puso gesto de dolor y le agarró la mano con fuerza.

Él dejó a un lado sus miedos y se concentró en ayudar a su mujer.

–Respira hondo, cariño. Eso es. Eres muy fuerte.

Enseguida oyeron la sirena de la ambulancia y unos minutos después iban camino del hospital.

Bastian se quedó con Lily en la sala de partos, con el corazón acelerado y el estómago encogido, preocupado al verla sufrir tanto.

Hizo alguna pregunta al ginecólogo y a la matrona que la atendían, pero sus palabras no consiguieron tranquilizarlo. No podía quitarse de la cabeza la muerte de su madre.

Ni siquiera Alberto había sido capaz de ocultar su preocupación cuando Bastian lo había llamado desde la ambulancia para contarle que iban de camino al hospital.

—¿Cómo está Lily, hijo? ¿No está sufriendo demasiado? —le había preguntado.

Él había mirado a su esposa y la había visto casi agonizar, pero había mantenido la calma al responder a su padre.

—¿Aparte de los dolores de las contracciones? No, papá, no está sufriendo demasiado.

—Todo va a salir bien, hijo —le había asegurado Alberto—. Lily es una mujer fuerte y te va a dar un hijo sano. Hemos hablado de ello muchas veces y sabe que ambos vais a ser muy felices con la llegada del bebé. Te quiere mucho. La historia no se va a repetir... confía en mí.

—Gracias, papá.

—Estaré pensando en vosotros, e iré a veros con

Dolores cuando haya nacido el bebé. Sé fuerte, Bastian. Tienes que ser fuerte para Lily.

–Lo haré. No voy a perderla. Lo es todo para mí.

Las siguientes horas habían sido muy difíciles, pero Bastian había estado junto a Lily, hablándole con voz calmada, acariciándole la frente, agarrándole la mano. Se había prometido a sí mismo mantenerse a su lado y ver nacer a su bebé.

Por fin, el médico anunció que la llegada del bebé era inminente. Bastian contuvo la respiración, pero no dejó de rezar por que todo saliese bien.

–Aguanta, cariño –animó a Lily–. Ya casi está... ya llega el bebé.

Acababa de ver la pequeña cabeza salir, seguida por los brazos, el torso, las piernas. Al parecer, todo estaba donde tenía que estar.

Entonces la matrona anunció:

–Es un niño, *signora* Carrera. ¡Han tenido un niño precioso!

Y el niño empezó a llorar, dando a Bastian ganas de hacer lo mismo.

Este llenó a Lily de besos, feliz por la noticia.

Habían tenido muchas discusiones alrededor de la mesa de la cocina de Alberto, intentando decidir sin éxito cómo se llamaría el bebé.

Bastian y Lily eran los orgullosos padres de un precioso varón de pelo oscuro, y en cuanto su esposa estuviese un poco recuperada, recibirían muchas visitas. De hecho, ya habían llegado a la casa muchos regalos y tarjetas de felicitación.

Una tarde, después de comer en casa de su padre, Bastian se llevó a Lily aparte y dejó a su padre y a Dolores con el niño, que tenía tres semanas y seguía sin nombre.

Salieron al jardín porque hacía un día precioso. Lily estaba especialmente guapa con un vestido azul y blanco de algodón, con el escote cruzado para poder amamantar al bebé.

Como de costumbre, Bastian la miraba y se olvida de todo lo demás...

Tomó sus manos delgadas, les dio la vuelta y plantó un beso en cada una de ellas.

—Necesitaba tenerte para mi solo un rato –le confesó–. Mañana volveré al trabajo y voy a estar demasiado tiempo sin verte.

—Um... Entonces este es el momento perfecto para decidir cómo se va a llamar nuestro hijo.

Bastian la miró a los ojos y supo que ella ya tenía la decisión tomada, así que se preparó para oírlo con la esperanza de que fuese un nombre que le gustase a él también.

—Me parece que tienes algo en mente –comentó.

—A veces tengo la sensación de que eres capaz de leerme el pensamiento –dijo ella.

—Pues sí, y me alegro de ello. Venga, dime qué has decidido.

—He pensado ponerle el nombre de uno de los arcángeles. Raphael es el santo que vela por los niños y por los viajeros, y es un nombre bonito y fuerte. ¿Qué te parece?

Bastian sonrió y le dio un beso en los labios.

—Que es perfecto. Lo único que me da rabia es que no se me haya ocurrido a mí.

—¿Pero el nombre te gusta?

—Raphael Leo Carrera. Decidido.

—¿Y lo de Leo, de dónde ha salido?

—Se me acaba de ocurrir. ¿No es así como tomamos las mejores decisiones, cariño? Espontáneamente.

Ella sonrió de oreja a oreja y Bastian la agarró por la cintura y la guio hacia las puertas del patio.

—Vamos a dar la noticia a mi padre y a Dolores. Cuando queramos darnos cuenta, estarán organizando el bautizo.

—Espera un momento.

—Por supuesto. ¿Qué ocurre?

Ella lo miró a los ojos.

—Solo quiero recordarte lo mucho que te amo. No quiero que se te olvide jamás, pase lo que pase en el futuro. Raphael y tú seréis mi principal preocupación, siempre.

—Junto con el resto de nuestros hijos, ¿no?

—¡Por supuesto!

—Con respecto a eso...

La empujó suavemente contra la pared y sintió que no podía desearla más.

—¿Cuánto tiempo más tendremos que esperar para...? —preguntó, ruborizándose él por una vez.

–¿Hacer el amor?

–Sí...

–Dicen que hay que esperar seis semanas.

Bastian suspiró con frustración.

–Eso significa que faltan tres. Va a ser una de las pruebas más duras de mi vida.

–Pero la espera merecerá la pena.

Lily le dio un beso en la mejilla. Se sentía feliz. Por fin había encontrado al hombre con el que quería compartir el resto de su vida y la realidad superaba todas sus fantasías.

Acepte 2 de nuestras mejores novelas de amor GRATIS

¡Y reciba un regalo sorpresa!

Oferta especial de tiempo limitado

Rellene el cupón y envíelo a

Harlequin Reader Service®
3010 Walden Ave.
P.O. Box 1867
Buffalo, N.Y. 14240-1867

¡Sí! Por favor, envíenme 2 novelas de amor de Harlequin (1 Bianca® y 1 Deseo®) gratis, más el regalo sorpresa. Luego remítanme 4 novelas nuevas todos los meses, las cuales recibiré mucho antes de que aparezcan en librerías, y factúrenme al bajo precio de $3,24 cada una, más $0,25 por envío e impuesto de ventas, si corresponde*. Este es el precio total, y es un ahorro de casi el 20% sobre el precio de portada. !Una oferta excelente! Entiendo que el hecho de aceptar estos libros y el regalo no me obliga en forma alguna a la compra de libros adicionales. Y también que puedo devolver cualquier envío y cancelar en cualquier momento. Aún si decido no comprar ningún otro libro de Harlequin, los 2 libros gratis y el regalo sorpresa son míos para siempre.

416 LBN DU7N

Nombre y apellido	(Por favor, letra de molde)
Dirección	Apartamento No.
Ciudad	Estado Zona postal

Esta oferta se limita a un pedido por hogar y no está disponible para los subscriptores actuales de Deseo® y Bianca®.
*Los términos y precios quedan sujetos a cambios sin aviso previo.
Impuestos de ventas aplican en N.Y.

SPN-03   ©2003 Harlequin Enterprises Limited

DESEO

Él nunca se había resistido a las tentaciones

Juegos del amor

CAT SCHIELD

Se esperaba que el millonario Linc Thurston se casara con una mujer de su posición, no que se sintiera atraído por su ama de llaves. Sin embargo, Claire Robbins no se parecía a ninguna madre soltera ni a ninguna mujer que hubiese conocido: era hermosa y cautivadora... y ocultaba algo. Aun así, no pudo evitar meterla en su cama, pero ¿se mantendría la intensidad de esa pasión cuando las traiciones de Linc los alcanzaran a los dos?

Bianca

Su esposa, de la que vivía separado, pasaría un último fin de semana en su cama

EN LA CAMA DEL SICILIANO

Sharon Kendrick

Cuando la esposa que lo había abandonado le pidió el divorcio, el multimillonario siciliano Rocco Barberi decidió aprovechar la oportunidad. Nunca habían hablado de su doloroso pasado, pero aquella era la oportunidad perfecta para hacer suya a Nicole y olvidarse de ella para siempre.

De modo que le ofreció un trato: si quería rehacer su vida, sería suya en la cama por última vez.